Diogenes Taschenbuch 23445

de
te
be

Rolf Dobelli

Fünfunddreißig

Eine Midlife Story

Diogenes

Die Erstausgabe
erschien 2003 im Diogenes Verlag
Umschlagfoto von
Philipp Höfliger
Website und E-Mail-Adresse des Autors:
www.dobelli.com
rolf@dobelli.com

Veröffentlicht als Diogenes Taschenbuch, 2004

www.diogenes.ch
30/06/52/2
ISBN 13: 978 3 257 23445 9
ISBN 10: 3 257 23445 7

Der Regen verdrießt ihn nicht. Auch nicht das Nieseln. Graue Tage sind ihm zuweilen lieber als Postkartentage mit summenden Bienen und spazierenden Paaren. Ein sonniger Tag in Indien zum Beispiel schafft keinen Anlaß, besonders unternehmungslustig zu sein. Nur hierzulande, denkt er, kann ein schöner Tag aufsässig werden. Und wenn man sich dem Tag dann nicht unterwirft, sich zum Beispiel in eine Bibliothek verkriecht oder durchschläft, dann wird er erbarmungslos. Die Aufsässigkeit eines blauen Tages offenbart sich etwa in überfüllten Bergrestaurants – Warteschlangen vor der einzigen Toilette, Gedränge um Plätze im Windschatten und so weiter. Die angezeigte Fröhlichkeit des Tages kippt dann gern ins Gegenteil. Der Abend wird zum Vorwurf. Alles in allem ein unehrlicher Tag.

An trüben Tagen ist man freier. Trübe Tage erteilen keine Aufträge.

Das Bergrestaurant ist auch bei Regen vorhanden. Gern spendiert dann der Wirt dem einsamen Gast das zweite Bier, während es draußen von der Dachrinne tropft. Wie es hinter der Nebelbank weitergeht, darf jetzt frei erfunden werden. Gurgeln im Untergrund, Rauschen von der Ferne. Es kommt vor, daß Gehrer auf dem Abstieg pfeift: Heiterkeit an trüben Tagen.

Der Regen verdrießt ihn also nicht. Auch wenn es jetzt unaufhörlich in den See tropft.

Schon am Flughafen bei der Paßkontrolle hatten sie ihn länger als sonst gemustert – wahrscheinlich nur einen Augenblick länger. Damals kam er oft mehrmals in der Woche an diesen Schaltern vorbei: ein nicht unfreundliches »Grüezi« des Beamten, Augenkontakt, Daumen rein in den Paß auf der zweiten Seite, das Paßfoto zeigt Gehrer mit Anzug, Krawatte, korrekt gescheiteltem, dünnem Haar, leicht gebräunter Haut und Brille, also wie er heute und damals vor dem Beamten steht. Kurz darauf ein amtliches »Danke«, und Gehrer bewegt sich durch die Zollkontrolle hindurch den Zügen entgegen.

Jetzt sitzt Gehrer vom Regen durchnäßt, Rucksack zwischen den Beinen, auf einer Parkbank am Ufer, macht die Augen klein und starrt auf den Zürichsee hinaus. Aus den Kastanienbäumen tropft es unablässig. Fernes Geläute. Die ersten Morgengänger unter schwarzen Schirmen. Himmel wie Schiefer.

Für heute nachmittag ist eine kleine Feier angesagt. Das machen sie immer so: Seine Sekretärin organisiert eine Kirschtorte mitsamt ölig-schimmernden Lachsbrötchen, hastig zirkuliert eine Glückwunschkarte. Alles Gute zum Geburtstag, viel Glück, viel Erfolg für die Zukunft, Congratulations, Happy Birthday, Prost, Gehrer, mach's weiter flott, nochmals alles Gute, nochmals viel Glück, nochmals für die Zukunft. Der übliche Maienfelder wird kalt gestellt, und um Punkt 17:00 Uhr trommelt die Sekretärin die Abteilung zum Umtrunk zusammen. Dann klirren die Gläser, ein paar Witze links, ein paar Witze rechts, dazwischen lärmt ein Handy, dann wieder lustige Sprüche. Es wird viel gelacht. Wenn sich nach einer Weile die Fröhlichkeit auflöst und sich alle davonmachen, ist Gehrer ein Jahr älter. So geht das alle Jahre.

Daran wird sich nichts ändern, auch wenn sie heute zusätzlich sein Harvard-Diplom zu feiern haben.

Später, am Abend, dasselbe mit seiner Frau Jeannette. Ein Tisch steht im Restaurant Kronenhalle für sie bereit. Man wird sich zuprosten, zulachen und sich gegenseitig Glück zusprechen. Die Kellner werden sie umsorgen und Wein nachreichen, und er wird sich ausnahmsweise zu einer Panna cotta überreden lassen. Dann ist auch dieser Abend gefeiert, und morgen ist wieder ein Tag, wieder ein Jahr.

Endloses Gleiten über Landschaft in Zeitlupe. Kalkutta – Varanasi wie vor einer Kinoleinwand. Vielleicht liegt es an der Weite des Landes, nicht an der Geschwindigkeit der Züge: das Zeitlupengefühl. Landschaft, die erst durch Menschen zu Landschaft wird, durch die Strohhütten, durch die winzigen Felder in Lehmbegrenzung, durch die Ochsengespanne mit Holzpflügen, die, sobald sie endlich trotten, schon wieder gewendet werden müssen, durch die leuchtenden Tücher an Wasserpumpen, durch Kinder, Horden von Kindern, die lachen, winken und schreien, wenn der Zug vorbeirollt, oder mitrennen, so lange sie können, und winken und schreien, dann stehenbleiben und keuchen, während das Zugende immer kleiner wird, zurückzockeln und suchen, ob da vielleicht ein Kugelschreiber auf der Trasse liegt oder ein Kaugummi, den einer für sie aus dem Zug geworfen hat. Kein Kontinent für Landschaften, aber ein Land für Gesichter. Einem Piloten, in zehn Kilometer Höhe, muß Indien vorkommen wie der Mars. Rötliche Ofenplatte – endlos leuchtend.

Die Flüge von Boston und New Delhi kommen fast zeitgleich in Zürich an. Das ist Zufall.

Rundheraus: 35, ein seltsames Jahr, denkt Gehrer. Keine einschneidende Zahl wie 40 oder 50, also kein Anlaß zur Beunruhigung, immerhin ein Alter, von dem man sagt, es gehöre zu den besten Jahren.

Die Rückkehr aus Harvard war auf den 35. Geburtstag angesetzt. Jeannette bestand darauf. Auch das Geschäft. Daran ließ sich nicht rütteln. Heute ist sein 35. Geburtstag. Heute ist er zurück – aber nicht von Harvard.

Es fällt ihm auf, mit 35: Er ißt jetzt langsamer und denkt, was er ißt. Er erfreut sich an den Farben der

Speise, dem Muster der Teller, am Schliff der Gläser, an der Präsentation überhaupt. Er kostet Gewürze und versucht zu erraten: Basilikum, Koriander? Ein ausgereiftes Vokabular an Geschmäkkern. Keine Freßlust, sondern Genuß, Feinschmekkerei. Wenn er dann erkennt, daß er nicht wirklich langsamer ißt, auch nicht weniger, sondern nur komplizierter, aufgeteilt auf verschiedene Gänge, so daß die Kellner ununterbrochen etwas zu liefern oder abzuräumen haben, er sie den ganzen Abend voll beschäftigen kann, dann kann es vorkommen, daß er sich am nächsten Tag zwingt, den Business Lunch mit der Geschäftsleitung in Zeitlupe einzunehmen, ihn schon im Mund verdauen zu lassen.

Was im Weinkeller lagert, übertrifft erstmals den Bestand an Büchern.

Auch der Körper wird anders, weicher, wärmer, unkantig, gerät aus der Form. Nicht dick oder schwer, keine Fettleibigkeit, aber behäbiger. Weniger definiert. Die Umrisse lösen sich auf. Auf Fotos hebt er sich kaum vom Hintergrund ab. Er sieht sich mit der Umgebung, wo auch immer, verwachsen. Kein Abziehbild. Musiker in diesem Alter spielen nicht mehr auf ihrem Instrument, sie verschwimmen mit ihm. Er wird unauffälliger. Auch auf der Straße. Als sei etwas passiert mit dem Körper. Kein fester Ort, sondern ein unscharfer Fleck, nicht ganz geheuer. Wie ein Korb oder eine Tasche, die sich durch das viele Tragen verbiegt, ausweitet, dehnt. Kein Sich-Abreiben, Abschleifen, keine Erosion, aber ein Ausufern, Verbeulen, Verformen, Erschlaffen, Runden. Ein Aufdunsen überall, außer an den Händen, die werden bloß gabeliger.

Kein Ergrausen, aber ein Gefühl der Fremdheit im eigenen Leder. Der Körperbau verkommt zur Körperhülle.

Unbestimmtheit, die sich nicht auf der Waage bemerkbar macht. Höchstens an der Bekleidung: Im Sommer geht's mit T-Shirts nicht mehr. Es muß jetzt ein Polo-Shirt sein. Im Anzug mit Krawatte fällt's nicht auf. Wo es auffällt: am Strand, unter der Dusche, beim Umziehen vor dem Spiegel, im Bett.

Dabei nicht unsportlich. Kein Keuchen, wenn, wie neulich, der Lift ausfällt. Er tritt ein ins Büro, als käme er zurück von der Toilette. Er rennt noch gleich viel vor dem Frühstück, aber jetzt gleichmäßiger. Es wird Programm. Man verbindet zwei Zeitpunkte mit Jogging. Wie Zähneputzen. Gedankenlos. Wenn das Sportprogramm zwei Tage lang ausfällt, etwa weil er beruflich verhindert ist: Schuldgefühle. Das ist jetzt neu.

Früher war der Körper einfach da. Jetzt wird er zur Sorge.

Er erscheint jetzt genügsam, behaglich, beim Lachen gar charmant. Ungefährlicher, abgerüsteter Charme. Charme ohne Absicht. Manchmal gar Liebreiz.

Mit 35 wacht er auf, und plötzlich sind die Piloten jünger, die Polizisten, ja selbst Bankdirektoren sind jünger, Figuren des öffentlichen Respekts, die man vor nicht allzu langer Zeit still und in gebührendem Abstand von unten nach oben gemustert hat. Jetzt: Kinderpiloten, Kinderpolizisten, Kinderdirektoren – wie kann man bloß so jung sein! –, Uniformen über warmem Fleisch, auch dann, wenn es keine Uniformen sind, und er fragt sich zum ersten Mal, ob sie's wohl können: ein Flugzeug steuern, den Verkehr umleiten, eine Bank dirigieren. Uniformen über Sehnsüchten, falschen Meinungen, schiefen Träumen, zitternden Herzen, zweifelhaften Freundschaften, unsicheren Begierden; Uniformen über Menschen, die eines Tages, vielleicht mit 35, aufblicken werden, um es sich selbst zuzuflüstern: Wie kann man bloß so jung sein! Es gibt auch bereits Bundesräte, die jünger sind; ebenso Botschafter, Verwaltungsräte und Chefredakteure. Das Bewußtsein, daß man einer ganz bestimmten Generation angehört, die wie ein unfertiges Werkstück auf einem Förderband davonrollt. Die dumpfe Gewißheit, Reife erwachse von allein durch bloßes Anhäufen von Erinnerungen und Erfahrungen. Eine Schutthalde voller Erfahrungen, die man Jüngeren entgegenhalten kann – wie verdorbene Munition. Was im Zweifel Halt verspricht: Fotografien, Dokumente und Urkunden, die Erfahrung beweisen.

Erstmals denkt er: Ein Gefälle hin zum Alter. Das Alter – noch kein handfestes Problem. Nur die erkennbare Richtung des Alterns macht ihn nachdenklich. Diese Eingeschliffenheit in die eigenen Modalitäten! Als wäre seine Person endlich (wieso »endlich«?) in Stein gemeißelt.

Ist es Reife?

Warum ist es Reife, wenn er sich davor hütet, seinen Job an den Nagel zu hängen und sich aufzumachen auf eine Reise um die Welt? Warum ist es Reife, wenn er sich nicht plötzlich entschließen kann, Buddhist zu werden – oder Komponist? Warum Reife, wenn er sich nicht Hals über Kopf mit einer Studentin davonmacht, um Ruinen in irgendeiner Sandwüste freizulegen?

Die Frage, wer er denn wirklich sei, wird mit zunehmendem Alter unergiebig. Nicht nur weil er sich diesem Gedanken schon tausendmal unterzogen hat, sondern weil die Frage angesichts seines Alters abgegriffen ist – abgeschmettert von der Bestimmtheit seiner Person. Jener Bestimmtheit, die er sich als junger Mann so gern herbeigewünscht hatte. Jetzt ist er erstaunt, daß sie da ist, daß er mit vollem Bewußtsein und beiden Beinen im Leben steht. Als gäbe es an nichts mehr zu rütteln. Er ist, der er geworden ist. Scheinbar ohne eigenes Zutun – durch ablaufende Zeit allein.

Diese Abgeklärtheit hatte er eigentlich fürs Alter erwartet. Jetzt hat sie mit voller Wucht eingeschlagen. Das erschreckt ihn. Reife zur falschen Zeit. Reife, die zur Peinlichkeit wird. Sie kommt ihm ungelegen. Wie eine Frühgeburt, die sich später rächt.

Frühreife, die nur vortäuscht, schwindelt. Zirkus-Reife. Clown-Reife.

Vielleicht liegt seine plötzliche Abgeklärtheit darin, daß er sich damit abgefunden hat, keine Antworten auf die großen Fragen mehr zu erhoffen. Und dies für die restlichen Jahrzehnte. Vielleicht ist ihm der Drang nach Erkenntnis ganz einfach stekkengeblieben. Abgestorben. Verleider-Reife. Reife aus Langeweile.

Draußen auf dem See zwei Schwäne wie ausgestopft. Sonst bewegt sich nichts. Kaltes Nieseln an diesem Morgen.

Das Alter eines 35jährigen zu verfehlen, ist schwierig. Meist gelingt die Schätzung aufs Jahr. Das ist bei um einiges Jüngeren (30) und Älteren (40) schon anders. Seltsam, wie dann die Schätzungen meistens auf ebendiesen Schwerpunkt (35) einfallen.

Mit 35 macht man keine neuen Sprünge mehr, sondern nur noch bekannte Sprünge besser, mit Können, mit Meisterschaft. Man beherrscht sein Handwerk oder führt sein Geschäft, ohne kopflos Risiken einzugehen, ohne ein neues Handwerk oder ein neues Geschäft zu gründen. Warum gelingt es nicht mehr, wie ein Kind in die Welt hinauszurennen, planlos, übermütig und ängstlich zugleich, nur Gegenwart im Kopf?

35 – ein goldenes Jahr. Und gerade darin liegt die Verfänglichkeit, daß niemand von einem zweiten »goldenen Jahr« spricht (oder einem dritten, einem vierten). 35 – ein Mann in den besten Jahren! Das hört er nicht selten.

Jetzt regnet es von rechts nach links in den See. Die Schwäne haben sich verzogen. Trostlosigkeit, die dem Morgen ins Gesicht geschrieben steht.

Wie schwarz sie glänzen, die Kieselsteine rings um seine abgenutzten und verkratzten Schuhe. Gehrer denkt an Indien zurück, an die malerische Fahrt auf dem Ganges. Gehrer mit offenem Hemd auf dem Dach eines rostigen Kahns. Gehrer tanzt mit dem Fahrrad zwischen Hindu-Tempeln. Gehrer mit Rucksack im Zug von irgendwo irgendwohin. Gehrer mit der deutschen Studentin: Diskussion am Strand bis zum Sonnenaufgang. Es bleibt bei einer Diskussion. Gehrer, wie er auf einem Volksfest mittanzt. Gehrer mitten auf dem staubigen Dorfplatz, wo sie ihn zu Hunderten umkreisen – Gehrer als Kinderattraktion.

Das ist nicht lange her.

Morgenverkehr hinter seinem Rücken. Ein Krankenwagen mit Blaulicht spritzt durch die Straßen, wird leiser und verschwindet irgendwo zwischen Häuserzeilen. Das Zischen, Schallen, Schnurren, Dröhnen von der Straße vermengt sich zum soliden Lärm, zum Brüllen und Röcheln, das die Stadt für die nächsten zwölf Stunden in Beschlag nehmen wird. Quietschen einer Straßenbahn, Türen springen auf, ein Rudel Regenmäntel unter Schirmen verliert sich in den Straßen und Gassen, auch ein Skateboard-Fahrer. Und da ist noch immer derselbe trübe See. Regennässe auf der Haut.

Auch Erinnerungen an Indien heben keine Wolken.

Worum es mit 35 nicht mehr geht: Höchstleistungen körperlicher Art – das tierische Bedürfnis, mit den eigenen Muskeln der Welt zu trotzen. In Wettkämpfen – Radsport, Kurz- und Langstreckenlauf, Tennis et cetera – wird man Jüngeren unterliegen, das weiß man schon von vornherein, man hat wettkampfmäßig nichts mehr zu melden, deshalb geht man jetzt ganz anders an Sport heran.

Sport als Erlebnis: eine anspruchsvolle Radtour, ein toller Waldlauf, bei dem man alles mögliche sieht: Blumen zum Beispiel oder die Bergwelt, Dinge, die man früher, als man dem Körper noch eine Chance gab, gar nicht wahrnehmen konnte. Überhaupt beginnt er jetzt eher, sich Blumennamen zu merken, oder Flurnamen oder Namen von Bergspitzen, Wolkenformationen, Vogelarten.

Oder: Sport als Kampf gegen den körperlichen Zerfall, weil, objektiv betrachtet, die Bausubstanz der menschlichen Konstruktion für 30, höchstens 35 Jahre ausgelegt ist. Ein 35jähriger Mensch ist ein alter Mensch, das war in allen Zivilisationen so und gilt auch für Tiere. Ein unnatürlicher, unmöglicher Körper- und Seelenzustand! So versucht der 35jährige sein Alter zu strecken. Dabei holt er tatsächlich ein halbes Leben heraus! Die heimliche Freude, wenn, nach monatelangem Training, sich das Bäuchlein etwas zurückgezogen hat – wie schmelzender Gletscher.

Oder: Sport als Mannschaftsfimmel. Sport als Vorwand für geselliges Zusammensein, meist nach Geschlechtern getrennt und organisatorisch in Vereinsform auftretend: Tennisclub, Radfahrerclub, Jagdverein, manchmal auch Aerobic-Gruppe, oder geographisch gebunden, zum Beispiel auf Golfplätzen. Die Motivation dabei dieselbe wie bei Frauenvereinen, Feuerwehren oder sonstigen Bastelclubs: der offizielle Zweck als Tarnung des Banalen, Geselligen.

Was mit 35 zunehmend schwierig wird: Sport als Fun.

Noch vor fünf Jahren: Gehrer steht oben auf der Piste, klemmt sich die Skistöcke unter die Arme und rast im Affentempo die Fallinie entlang in die Tiefe. Er schreit und grölt, es bleibt ihm nichts anderes übrig, als, so gut es geht, in der Hocke zu bleiben – zu schnell schießen die Buckel, Schanzen, Abhänge auf ihn zu. Ein zitterndes Geflecht von weißen und grauen Schatten. Bremsen unmöglich. Er saust. Der Berg rüttelt an seinem Körper. Gehrer hört nichts, denkt nichts. Nur ab und zu züngeln die roten Spitzen der Skier vor seinen Augen. Sonst ist alles weiß. Plötzlich wirft es ihn durch die Luft. Dann ist es ganz still. Für einen Augenblick erkennt er weit unten das verschneite Tal mit seinen Chalets, der Hauptstraße, der Kirche, der Talstation, umzingelt von tausend bunten Autos. Ganz allein in diesem Moment, nur er und die Welt, als sei er für alles zu haben. Seine leuchtenden Skier jetzt vor dem violett-schwarzen Himmel – er schwebt von Galaxie zu Galaxie. Lautlos. Er klammert sich an seinen Stöcken fest, als wären sie Flügel. Ewigkeit im Augenblick... Dann das plötzliche Aufschlagen auf der Piste. Für einen Moment glaubt er, das Gleichgewicht verloren zu haben, er fuchtelt mit den Armen und fängt sich auf; die Welt zischt an ihm vorbei, ein weißer Teppich jagt unter ihm durch, er lacht heraus, so laut er kann, er grölt, er jodelt, er weiß nicht, was er singt und denkt, es schlägt von unten an seine Sohlen, aber er spürt den Schmerz nicht, nur die Oberschenkel brennen, als hätten sie Feuer gefangen, als wäre er eine höllische Fackel, die den weißen Berg hinunterdonnert. Er ist selig.

Mit 35 wird er zum Harley-Davidson-Fahrer auf der Piste. Gemächlich, genüßlich. Der Skidreß verrät noch wenig über sein Alter – das ist auf der Straße schon anders –, aber kein 25jähriger fährt so kontrolliert, könnerisch, so sicher – wie ein Skilehrer –, dabei durchaus elegant und schwungvoll. Was kann der 35jährige dafür, daß er dank seines Alters schon mehr Beinbrüche und Schädelverletzungen auf Pisten gesehen hat als der 25jährige Raser? Zum Beispiel: Ein Abtransport mit dem Helikopter. Geknatter von irgendwoher. Der Verletzte wird von hundert Händen auf die Bahre gelegt, sorgsam – eine Rückenverletzung muß immer angenommen werden –, und zugeschnürt. Jeder will mithelfen. Die Gaffer der ersten Minute jetzt als Ordnungshüter: eine menschliche Schranke, um die Meute in sicherem Abstand zu halten. Sanitäter in orange-leuchtenden Overalls mit schwarzen Funkgeräten in ihren Gesichtern. Man versteht nichts von ihrem Rauschen und Knacksen. Plötzlich steht der dicke rote Helikopter über ihnen, lärmt, heult und schlägt mit Rotoren durch die Luft. Dann ist alles weiß. Schneesturm. Die ganze Welt mitsamt Helikopter jetzt eingepackt in einen riesigen Wattebausch, aus dem es lärmt und faucht. Man kann nichts sehen, nicht einmal die lustigen Skianzüge, die ihr Kunterbunt verloren haben. Eine ganze Weile so. Dann macht sich das Ungetüm davon, der Schneesturm fällt in sich zusammen, und man schüttelt sich den Schnee von den Kleidern, von den Mützen, man fingert ihn aus den Krägen. Weit oben im violetten Himmel knattert der rote Punkt davon.

Solche Szenen prägen sich halt ein, je öfter man sie gesehen hat. Gehrer riskiert weniger – nicht aus Angst, aber aus Vernunft.

Was mit 35 immer öfter vorkommt: Sport als Zuschauer. Das hätte sich Gehrer als 30jähriger nie erlaubt, ein Fußballspiel im Fernsehen von A bis Z zu verfolgen, dazu noch mit einer klaren Vorliebe für ein Team. Das hatte er als Zeitvertreib für faule Biersäcke abgetan, als spießbürgerliche Stubenhokkermentalität. Jetzt, mit 35, ist es schon mal vorgekommen, daß er aus Begeisterung für ein gelungenes Tor einen Schwapp Bier verschüttet hat.

Jetzt hockt Gehrer da und tropft. Zwischen den Häusern ereignet sich der Morgen. Straßenlärm.

Noch vor wenigen Wochen: Gehrer in Harvard. Gehrer, einer der wenigen Auserwählten.

Im Geschäft gelingt ihm zusehends alles, das sieht Gehrer selbst. Ein Projektpapier zum Beispiel wird jetzt viel leichter akzeptiert als noch vor fünf Jahren. Wäre er zufälligerweise Journalist, würde sein Artikel ohne größere Änderungen abgedruckt. Nicht daß sein Projektpapier, sein Artikel, besser geschrieben wäre als noch vor fünf Jahren. Im Gegenteil. Damals schliff er an jeder Wendung, prüfte jede Annahme dreifach, ließ das Papier von mehreren Freunden gegenlesen und polierte anschließend nochmals daran herum, als sei's eine

Doktorarbeit. Dann reichte er es ein und wußte, daß er Lob ernten würde.

Heute schreibt er seinen Bericht, hält seine Rede, reorganisiert seinen Betrieb, plant die neue Geschäftsstrategie, positioniert ein Produkt oder akquiriert ein Business – alles mit leichter Hand; und es wird alles kommentarlos geschluckt. Schließlich ist er 35, hat sich seine Sporen verdient und wird schon wissen, was er kann, und schon können, was er weiß. Beherrschung seiner Mittel. Der professionelle Respekt vor diesem Alter. Man nimmt ihn ernst; darum nimmt auch er sich zunehmend ernst. Seine Stimme trägt ein Höchstmaß an Praxis. Alles so einfach!

Er kann sich sogar kleine Schludrigkeiten leisten.

Auch die Krawatte muß nicht immer perfekt sitzen.

Und weil alles, was er tut, jetzt plötzlich so anstandslos akzeptiert wird, verwechselt er seine Leistung mit Meisterschaft, mit Können. Es kommt ihm zuweilen vor, als verbeuge sich die ganze Welt vor ihm, vor seinen Leistungen. Dabei hat sie bloß aufgegeben, ihn formen zu wollen, ihn zur Perfektion zu erziehen. Sie hat ihn fallenlassen mit seinem ganzen Bündel an Fähigkeiten und Macken – um sich der Jüngeren anzunehmen.

Er kommt jetzt öfter in die Position, selbst Welt zu spielen, die Arbeiten Jüngerer zu beurteilen, zu korrigieren, Anweisungen zu erteilen, Arbeiten anzunehmen oder zurückzuweisen. Anfänglich ist ihm das eher peinlich, und er trägt's nicht ohne Würde und Strenge. Doch mit der Zeit fällt es ihm immer leichter, den Meister zu spielen – wie überhaupt alles im Leben.

Er läßt die Jüngeren gelten.

Dann und wann kommt es vor, daß einer seiner Schüler, Mitarbeiter, Lehrlinge, Untergebenen eine perfekte, ja sogar glanzvolle Leistung erbringt. Viel besser als alles, was er selbst in den letzten paar Jahren zu leisten imstande war. Dann erkennt er die Brüchigkeit, das leicht Angewelkte seiner Meisterschaft – bis er den Geniestreich des Schülers, Mitarbeiters oder Untergebenen den präzisen eigenen Anweisungen und Instruktionen zuschreibt.

Er gehört zur Welt in diesen Jahren, so wie die Welt zu ihm gehört. Er hat seinen Platz gefunden – nicht erkämpft, nicht einmal verdient, sondern eraltert – und sich darin eingenistet. Sein Freundeskreis ist aufgebaut, die Schienen seines Gleises sind gelegt, die gradlinig bis in den Ruhestand führen. Wo immer er in diesen Jahren auftritt, sie behandeln ihn mit Respekt. Was immer er berichtet, sie interessieren sich – wenn auch aus purer Höflichkeit.

Man investiert in seine Zukunft. Kein Geringerer als der CEO selbst hatte ihn kurz vor Weihnachten zu sich gerufen, um ihm die Mitteilung persönlich zu überbringen. Man habe sich nach reiflicher Überlegung entschieden, Gehrer und niemand anderen nach Harvard zu schicken, um das Weltwissen in puncto Marketing abzusaugen und zurück ins Schweizer Headquarter zu tragen. Die gesamte Geschäftsleitung setze ihre Hoffnung auf Gehrer. Ein vierwöchiger Executive-Kurs – nicht zuletzt auch eine Auszeichnung für Geleistetes. Dabei grinste der CEO hinter einem matten, verdrückten Gesicht hervor und tätschelte Gehrers Schulter, berührte sie aber nicht, sondern tat es nur andeutungsweise und zuckend, als sei Gehrers Schulter ein mit Strom geladener Kuhdraht.

Gehrer im Brennpunkt, in dem sich alle Hoffnungen bündeln. Man setzt auf den Mann, dem alles so leichtfällt, der, wie jedermann zugibt, Potential hat, dem die Erfolge nur so zufliegen, der jeder Lage Herr ist und auch den bedrohlichsten Situationen die Krallen stutzt, den man über Minenfelder schicken kann und der sich nie vertritt, am anderen Ende gar strahlend und gelassen ankommt, bereit für einen kurzen Schwatz zum Beispiel über Marktanteile. Man setzt auf den Mann, dessen Feinde drittrangiger Natur sind, dessen Erfahrungsschatz Maßstäbe setzt, der unter keiner Last zusammenbricht, der mehr Probleme löst, als er verursacht – was schon einiges heißen will –, der weiß und von dem man weiß, wie man diplomatisch ja oder nein oder am besten gar nichts sagt, dem man keinen Bären aufbinden kann, ein Business-Vollblüter, ein Geschäfts-Bulle, kurz, ein Mann zur rechten Zeit am rechten Ort, ein Mann, auf den man bauen kann; dabei so bescheiden, so grundsolide, ein Mensch mit Herz, durchaus, vor allem aber mit Verstand, manchmal sogar liebenswürdig, das findet nicht nur seine Sekretärin, kein karrierelechzendes Untier, sondern ein Mensch mit all seinen Stärken und Schwächen, besonders Stärken, ja Stärken.

So steht Gehrer Anfang Januar an der Himmelspforte zu jener Welt, die den anderen so viel bedeuten will, die er mit ebenso schlafwandlerischer Sicherheit einzunehmen gedenkt wie seine vergangenen 35 Jahre: Harvard.

Zürich. Der graue See gibt nicht viel her. Zwei, höchstens drei Arten von Tafelfisch, die alle gleich schmecken und sich nur dem Namen nach unterscheiden. Fischer, die, über das Brückengeländer gelehnt, beobachten, wie ihr Schwimmer den ganzen Tag lang im Wasser schaukelt, sind auch dann froh, wenn kein Fisch anbeißt. Das ist auch an Sommertagen nicht anders. Nur stehen sie dann zeilenweise auf der Brücke und schauen dem Wasser zu, das unter ihnen gurgelt. Schon möglich, daß an einem Tag wie heute gar keiner fischen kommt, denkt Gehrer.

Das Schrumpfen der großen Hoffnungen. Natürlich weiß Gehrer, daß er die Welt nicht verändern kann, er ist ja kein Phantast! Daß es für einen Nobelpreis oder die Position eines Staatsoberhaupts nicht mehr reicht, ist ihm ebenso klar. Schließlich ist er 35. Was will er eigentlich?

Gehrer, wie er durch Kalkutta irrt, entgeistert, zuerst noch mit Anzug, Krawatte und lederner Aktenmappe. Gehrer, wie er seinen Laptop in den Ganges plumpsen läßt wie einen Ziegelstein. Hinterher gleich noch seinen Taschenrechner made in India; der fliegt viel weiter, während er um hundert Achsen rotiert. Dann klatscht auch dieser in die braune Brühe. Wie die Ringe im Wasser sich langsam verziehen. Nur die offene Aktenmappe, umgeben von einem Teppich weißer Papiere, PowerPoint-Folien und Broschüren – »Integrated Supply Chain Software Solutions For A New Century« –, wie eine ausgewachsene Seerose, schaukelt halbversunken den Fluß hinunter.

Gehrer, wie er eintaucht in den Strom mit Anzug und Krawatte und wie er ihm entsteigt mit Anzug und Krawatte. Bäche laufen aus seinen Schuhen. Hier Gehrer umringt von tausend bunten Kindern, die um Kugelschreiber betteln oder um seine Armbanduhr, die er dann schließlich auch hergibt – er braucht sie ja nicht mehr. Kreischen und Toben im Staub, Geschrei, blutende Nasen, zerschlissene Hosen und Hemden. Auch Mädchen werden hineingezerrt. Plötzlich löst sich der Knäuel auf, Schnaufen, Ratlosigkeit. Es muß sie einer verschluckt haben, die Rolex.

Nur sein Mobiltelefon läßt er nie los – unter keinen Umständen.

Später, Gehrer in safranfarbenen Tüchern mit halbgeschorenem Kopf bei Meditationsübungen in Orissa. Konzentriert, als ginge es um Leben und Tod. Gehrer, wie er versucht, Gehrer loszuwerden.

Nebelregen. So sitzt er da, Gehrer, Rucksack zwischen den Beinen, auf der Parkbank am Ufer. Hinter seinem Rücken das Getöse des Verkehrs, der Industrie, der Wirtschaft, des Lebens, das jetzt in Produktion ist. Vor ihm der leblose Zürichsee. Manchmal denkt er sich den See ohne Wasser; als ein schleimiges, veralgtes Tal, an dessen Rändern sich Kehrichtverbrennungsanlagen, Schrotthalden, Wellblechslums, Bordelle, Krematorien und Schweinemetzgereien festsetzen. Dann jeweils ist er wieder froh um dieses graue, kalte Wasser.

Eigentlich bräuchte er jetzt bloß Tram Nummer 11 Richtung Oerlikon zu nehmen, und in zwanzig Minuten wäre er im Geschäft – an seinem Platz, an seinem Tisch. Gerade noch rechtzeitig.

Es fasziniert ihn vieles: Einmal im Urlaub macht er Bekanntschaft mit einem Professor für Neurobiologie, ebenfalls um die 35. Es wird ein langer Abend voller Fragen ums Denken, den Ort des Ichs, um Bewußtsein, Lernen, Kreativität, Lernen bei Mäusen, Lernen bei Insekten, Vergessen, Hirntumore. Die unendliche Geduld des Professors, alles in die Laiensprache zu übersetzen oder aufs Philosophische zu reduzieren. Wie der Abend zu Ende geht und er barfuß über den erkalteten Sand zurück in die Cabana schlendert, schwört er sich und den Sternen, daß er sich alles über Neurobiologie einverleiben will, jeden Artikel, jedes White Paper, die neuesten Forschungsergebnisse, um daraus eine Theorie des Denkens zu entwickeln, mit der er die Welt überraschen wird. Er wird sich ins Thema verbeißen, mit einer Akribie, wie sie keiner vor ihm an den Tag gelegt hat, und nicht loslassen, bis er das Denken verstanden hat, es mit beiden Händen greifen kann. Er singt und pfeift in die stille Nacht hinein.

In der Cabana: Jeannette schläft bereits. Er legt sich zu ihr, vorsichtig, um sie nicht zu wecken. Dann löscht er das Licht und zieht das Leintuch über den Körper. Eine Weile liegt er da, reglos, die Augen aufgerissen. Er starrt an die Decke, wo der Schatten des Ventilators weite Kreise zieht wie ein Rieseninsekt oder eine Meute Aasgeier. Schlafen unmöglich. Seine Gedanken sind in irgendeinem Neurobiologischen Institut, wo uringelbe Gummihandschuhe sich an feuchten Hirnen vergreifen, Synapsen entwirren, mit Ratten spielen; wo das Denken sich ans Denken heranmacht wie an einen Fraß. Am liebsten würde er jetzt aufspringen, die Lichter anmachen, Jeannette an den Schultern packen, wach rütteln und ihr alles erzählen – von Nervenzellen, von der theoretischen Möglichkeit, Computer zu bauen mit der Leistungsfähigkeit eines Kleinhirns, bis zu seinem Entschluß, das Denken der Menschheit und somit die Menschheit überhaupt zu revolutionieren. Aber er weiß, daß sie ihn nicht verstehen würde, daß sie ihn wie ein Kleinkind, das schweißgebadet aus einem fürchterlichen Traum zurückkehrt, liebevoll zu sich heranziehen würde. Sie würde seinen roten Kopf an ihre Brust drücken, um ihn vor einem Wahn zu schützen. Sie würde ihm sagen, daß alles okay sei.

Aber es ist nicht alles okay! Er ist, Herrgott noch mal, nicht auf dieser Welt, um die Mehrzahl der Dinge, die ihn verfolgen, links liegen zu lassen, sie abzuschreiben als Märchen und so zu tun, als interessierten sie ihn nicht oder als reiche seine mentale Kapazität für Neurobiologie oder Physik nicht aus. Was kann er dafür, daß Interessenvielfalt, Weltneugier, Wissenslust sich nicht bezahlt machen, ja geradezu vereitelt werden? Immer dieses idiotische Geschrei nach Experten, sobald die Welt ein Pflästerchen braucht! Dann löst sich das rotierende Rieseninsekt langsam von der Decke und nimmt ihn mit in einen Traum. Dort melden sich die Hirnzellen und Synapsen dann noch ein letztes Mal. Den nächsten Morgen verschlafen sie beide wie Murmeltiere. Wenn sie dann endlich ihre vollklimatisierte Cabana verlassen, ist es die Mittagsglut, die sie erwartet. Müde Hunde im Schatten, winzige Boote am Horizont, das monotone Brummen der Klimaanlagen überall. Sonst Stille, als habe sich der Tag bereits abgespielt. Zeit, sich den Schweiß wegzuduschen und damit auch seine Hirngespinste.

Manchmal denkt sich Gehrer den See umgestülpt, als schwabbeligen Wasserberg. Ein schwabbeliger, blauer Wasserberg, auf dem man im Sommer Wasserski fahren kann. Im Winter dann gefriert er, und es kann vorkommen, daß Eisbrocken sich lösen und wie Steinschlag auf die Kreuzungen, Trottoirs und vor die Schaufenster der Bahnhofstraße kullern.

Heute ist der 19. Februar, Mittwoch, das weiß Gehrer. Auch Tram Nummer 11 verkehrt heute regelmäßig, das sieht er selbst.

Wenn er mit 35 an irgendeiner Konferenz teilnimmt, so überrascht es ihn nicht, wenn er dem Verbandspräsidenten, Generalsekretär, Konsul, Botschafter und so weiter persönlich vorgestellt wird. Was ihn überrascht: daß der Generalsekretär, Konsul, Botschafter und so weiter ihn beim nächsten Treffen mit Namen anspricht. Das hätte er nicht erwartet – und es geschieht jetzt immer öfter.

So wird er mit 35 eingeknetet, ohne daß er es merkt, in eine wohlige, schützende Masse, die mehr ist als eine soziale Schicht. Es sind jene Leute, die über die Züge auf seinem Gleis bestimmen. Eine internationale Zunft, eine namenlose Bruderschaft, die ihn, den 35Jährigen, mit offenen Armen aufgenommen hat. Weil er nicht allein 35 geworden ist, sondern seine Freunde ebenfalls, erreicht dieser Teig eine familiäre Qualität. Hat er ein Problem – mit der Behörde, mit dem Militär, mit der Presse –, genügt ein Anruf, und die Affäre ist geregelt. Warum soll man sich das Leben gegenseitig schwermachen? Warum also ausbrechen, warum jetzt, mit 35 Jahren, noch auf ein anderes Gleis umspringen?

Er verzweifelt nur noch selten. Warum sollte er auch? In die meisten Lebenssituationen ist er bereits mehr als einmal hineingeraten: Tod eines Freundes, Implosion einer Freundschaft, Abbruch einer Liebesbeziehung (aktiv und passiv), Stellensuche, Ehe (gewollt oder ungewollt), Rettung der Ehe (aktiv und passiv), Autounfall (fremd- oder selbstverschuldet), Fernsehauftritt, Präsentation vor einem wichtigen Gremium, Karriere (ungeplant), Führungsverantwortung, Blinddarm. Das Leben stellt nur eine beschränkte Anzahl Situationen zur Verfügung, von denen er mit 35 die meisten durchgespielt hat. Was übrigbleibt: das Alter.

Wenn zum Beispiel in sein Haus eingebrochen wird und sein Bargeld wegkommt, auch seine Golduhr und verschiedene Ausweise, ist das keine Tragödie. Es war einmal damit zu rechnen, rein statistisch. Er bleibt ruhig, ruft die Polizei, die bleibt auch ruhig und nimmt Fingerabdrücke. Schließlich ist alles ersetzbar, selbst der Schweizerpass. Er kontaktiert die gute Versicherung, und die Sache geht in Ordnung. Dasselbe mit entzündeten Weisheitszähnen, Blechschäden und verstauchten Zehen. Es geschieht auch ihm. Insofern paßt er bestens in jede Statistik. Warum soll er eine Ausnahme sein? Glaubt er etwa, er sei von der Welt dispensiert?

Warum verzweifeln, wenn das Leben Faxen macht? Überhaupt hat Verzweiflung etwas Kindisches, etwas Animalisches – Verpuffen von Energie ohne Richtung. Schließlich, so glaubt er mit 35, gibt es für jedes Problem eine Lösung. Ein 35jähriger hat sich eben unter Kontrolle. Warum verzweifeln? Was er gelernt hat: Die Zeit löst die meisten Probleme von allein.

Das muß noch nicht in Lebensweisheit ausarten, das weiß auch er. Die Lebensweisheit kommt dann schon einmal, meint er, später, mit dem Alter, als Kompensation zum körperlichen und geistigen Niedergang.

Seine Besonnenheit, seine meisterhafte Selbstkontrolle.

Daß er sich jetzt, mit 35, auf allen Ebenen voll beherrscht, ist nicht seiner asketischen Haltung anzurechnen – er hat nämlich keine –, sondern vielmehr seinem Verlust an Risikobereitschaft. Ohne Risiko kein Fuck-up – und daraus schließt er auf Reife. Ein 35jähriger kennt nun einmal die Konsequenzen eines Besäufnisses besser als ein 20jähriger. Wenn es dann trotzdem zum Besäufnis kommt, dann als geplantes Besäufnis – weil man sich ja sonst nichts gönnt, weil man wieder einmal die Sau rauslassen muß. Schließlich ist man noch kein alter Stubenhocker. Jeannette zu Hause ist informiert, und schon vor dem ersten Bier ist ausgemacht, wer fährt. Ein Saufgelage, dem alle Folgen lückenlos eingeschrieben und alle Eventualitäten eingeplant sind. Ein kontrolliertes Besäufnis. Ein besonnenes Besäufnis. Oder: Er weiß, wohin ein Flirt führen kann oder eine fremde Nacht. Dieser häßliche Rattenschwanz an Konsequenzen! Wenn er ihn nicht schon einmal am eigenen Leib erfahren hat, dann kennt er ihn vom Hörensagen. Die Risiko-Ertrags-Rechnung geht schlicht nicht auf. Er ist ja nicht blöd. Ist er deswegen risikoscheu, ein Spießbürger, ein Hosenscheißer?

Mit 35 hat er für alles immer eine Lösung. Das macht ihn unerträglich.

Am meisten für Jeannette.

In Meetings und Diskussionen: Seine Meinung wird gehört, zeitweise gar ersucht. Er muß sie nicht mehr mit aller Überzeugungskunst verteidigen. Seine Stimme hat ein garantiertes Minimalgewicht. Dabei ist ihm der Ausgang der Diskussion weniger wichtig als noch vor Jahren. Damals hatte er sich ins

Zeug gelegt, um Positionen gekämpft, Graben- und Rückzugsgefechte ausgestanden und manchmal glamourös zurückgeschlagen. Er hatte Argumentationsgeschütz aufgefahren, eine ganze Armada an Material zusammengetrommelt: zentnerweise Folien, Grafiken, Statistiken und Zitate, mehrfach kopiert und ausgeteilt im Einzelabrieb schon vor den entscheidenden Sitzungen.

Heute kämpft er anders – gelassener, vielleicht auch gleichgültiger. Er weiß, daß jeder Entschluß spröd bleibt. Warum immer alles in Stein meißeln? Warum immer Pflöcke einschlagen? Die Welt ist unscharf, und vieles kommt ohnehin anders, besonders wenn es um Kleinigkeiten geht, denen sich die anderen scheinbar mit besonderer Hingabe verpflichtet fühlen. So sitzt er also da in Meetings, nicht lustlos, aber distanziert. Er sagt wenig. Nur glauben sie jetzt, er denke in größeren Zusammenhängen, verbinde zum Beispiel das Problem des Branding mit der Cashflow-Position des Konkurrenten, mit dem lokalen Komplementärmarkt, mit der japanischen Konjunkturprognose, mit der geopolitischen Situation – ein Hirnseiltänzer. Aber es geht ihm jetzt anderes durch den Kopf. Ferneres. Eine Schlagzeile aus der Morgenpresse etwa oder sein Versagen in der letzten Nacht.

Wassermoleküle frieren nicht. Gehrer zieht seinen Körper zusammen, als er auf den verlassenen See blickt. Die durchschnittliche Verweildauer eines Wassermoleküls im Zürichsee: 326 Tage. Das läßt sich leicht berechnen: Seevolumen geteilt durch Abflußmenge plus Verdunstung. Einfacher als Buchhaltung! Selbst wenn es tausend Jahre wären – Moleküle altern nicht, denkt er jetzt.

Wie Menschen, ausgerüstet mit Bärenfellen und Steinwerkzeugen, sich je hier niederlassen konnten, ohne Zentralheizung und regensichere Bauten, kann sich Gehrer nicht vorstellen. An die Eiszeit, an den kilometerdicken Gletscher, der dieses Seebecken gar erst ausgeschliffen hatte, möchte er jetzt am liebsten nicht denken. Schon damals, das weiß man, lebten hier Menschen, die sich von der Mammutjagd ernährten und sich mit einem Durchschnittsalter von 22 Jahren – jünger als die gejagten Mammuts – begnügten.

Mit 35 hat er es gern ordentlich, auch im Geschäft. Keine sauberen Gedanken ohne saubere Umgebung. Hängeregister, Ordner, Klarsichtmäppchen, ein Turm von exakt bezeichneten Fächern – Posteingang, Postausgang, Fax, Dringend, Projekte, Anderes – helfen, die bedrohliche Unordnung in

Schach zu halten. Ordnung nicht aus Pedanterie, sondern weil Ordnung praktisch ist. Gehrer ist organisiert. Falsch oder nicht korrekt abgelegte Information ist verlorene Information, das weiß jeder Bibliothekar. So erhält jedes Stück Papier, das je über seinen Tisch wandert, oben links Datum und seine Initialen verpaßt. Jeder Antwortbrief, obwohl im Computer gespeichert, wird separat ausgedruckt und abgelegt. Vollständigkeit der Dossiers. Das Programm läuft im Hintergrund, ohne daß er denken muß. Sein Geschäftsleben ist dokumentiert wie ein Gerichtsfall. Keiner wird ihm je vorwerfen können, auf einen Brief nicht geantwortet oder eine wichtige Angelegenheit unterschlagen zu haben. Kommt es zu Meinungsverschiedenheiten – warum wurde die Entwicklungsabteilung nicht rechtzeitig über die Lancierung des Konkurrenzproduktes informiert? –, hat er das Recht auf seiner Seite. Das wissen inzwischen auch seine Feinde aus den anderen Abteilungen: Attacken auf dieser Ebene sind zwecklos.

Wo er verwundbar ist: sein spöttisches Benehmen.

Mit 35 hat er nicht mehr alle Zeit. Deshalb seine Ungeduld mit Langsamdenkenden. Seine Verachtung von Naivität jeder Art, auch der gutgemeinten. Aussprüche wie: Dieses Meeting erreiche gerade mal Grundschul-Niveau, kommen nicht gut an. Auch den Vergleich mit dem Pfadfinderlager läßt er mittlerweile beiseite. Er denkt ihn bloß noch. Er muß aufpassen, daß sie seinen Spott nicht als Arroganz auslegen. Um so jovialer die Art gegenüber seinen Untergebenen. Sein Rückzug in die fachliche Kompetenz, wo er Ton und Takt angeben kann, wo Meinungsverschiedenheiten allein in seinem Kopf ausgetragen werden. Kein Breitwalzen vor unverständigem Publikum. Niemand zweifelt an seiner fachlichen Autorität. Sie macht ihn bloß suspekt.

Daß ihn jemand ein Karriereschwein nennt, hat er selten gehört. Trotzdem hätte er sich gern als Nachfolger des CEO gesehen; wer schon nicht. Das wissen auch seine Kollegen. Ein Harvard-Diplom käme ihm da wie gerufen.

Es macht ihm zu schaffen, daß sein Beitrag zum Betriebsergebnis ein indirekter bleibt. Daß er sich damit abgefunden hat, ändert nichts an der Tatsache, daß er meint, sich mit jedem Schritt rechtfertigen zu müssen. Das macht seine Arbeit zur Last, obschon ihm zunehmend alles gelingt.

Im Konzern hat er nicht nur Freunde. Die Finänzler zum Beispiel hocken ihm schon eine Weile im Nacken, besonders die vom Controlling. Um eine Effizienzinitiative seines Bereichs, Marketing, hat er sich bisher mit Erfolg drücken können. Jetzt versuchen sie es auf andere Weise: Reports, die von seiner Abteilung nun monatlich erwartet werden. Zahlenbataillone mit endlosen Diagrammen. Längst hat seine Abteilung damit angefangen, zu Beginn jeden Jahres jeweils zwölf Reports im voraus zu produzieren. Kriegsvorrat. Das verschafft ihm dann für längere Zeit Ruhe. Daß sie seine monatlichen Reports nicht lesen, höchstens die Seiten und die Anzahl Diagramme nachzählen, bevor sie ihn auf dem Kontrollblatt abhaken, weiß er. Das erleichtert vieles. So muß er jetzt weniger einfallsreich sein, kann einzelne Zahlenblöcke und dazugehörige Diagramme aus vergangenen Monaten unverändert übernehmen. Bis jetzt haben sie's nicht gemerkt. Das macht ihn, glaubt er, zum Überlegenen. In solchen Momenten vergleicht er die vom Controlling gern mit einer Horde Blinder.

Auch der Finanzchef hätte das Zeug zum CEO, das weiß Gehrer.

Persönlich hat er mit dem Finanzchef nichts am Hut. Beim letzten Betriebsausflug – Ski-Wochenende in den Bergen mit Partner (Jeannette streikt an diesem Wochenende) – Einchecken in der Empfangshalle des Hotels. Der Finanzchef, wie immer auch Cheforganisator dieses Anlasses, verteilt die Zimmerschlüssel und streicht sorgfältig Name um Name von seiner Liste. Am Schluß die berechtigte Frage, ob es ihm, Gehrer, nichts ausmache, in der Dependance zu übernachten, da bedauerlicherweise ein Zimmer ausgefallen und Gehrer als einziger ohne Partner anwesend sei. Später ist Gehrer wütend, daß er's persönlich nimmt.

Was ihn ab 35 belastet: Kollegschaft am Arbeitsplatz. Kumpanei nach Feierabend mit oder ohne Bier. Geselligkeit mit Betriebsgeruch, das ist ihm jetzt ein Greuel. Aber so weit muß es nicht gehen. Schon eine geschäftliche Einladung, das alljährliche Weihnachtsdinner mit dem Außendienst oder der eine oder andere Geburtstags-Apéro sind ihm zuviel.

Menschen sind anstrengend.

Er weiß: Eine Gruppe von Menschen, die drei an der Zahl übersteigt, produziert nur noch Unsinn,

Widerliches, bestenfalls Unerhebliches. Ein Meeting, auch eines mit einem durchaus ehrbaren Anspruch – etwa der Lösung eines operativen Problems oder der Formulierung einer neuen Strategie –, verzettelt sich, zerfranst, artet aus in Zeremonie, sobald mehr als eine Handvoll Sach- oder Unsachverständige anwesend sind. Dabei kommt es nicht auf den Willen der Beteiligten an. Der bloße Umstand, daß Menschen in Gemeinschaft denken, in Gemeinschaft kreativ sein möchten, verunmöglicht Durchdachtes. Peinlichkeiten, wenn jeder Einwurf, sei er auch noch so mittelmäßig, von der ganzen Runde wohlwollend kommentiert werden muß. Dabei ist es einerlei, ob die besagte Runde als Verwaltungsrat oder als eine Tagung der Marketingsachbearbeiter auftritt – die Höflichkeit, mit der man sich gegenseitig beschenkt, ist beklemmend.

Nur – mit 35 häufen sich die gesellschaftlichen Anlässe.

Hier Gehrer mit Zigarre. Der Anfang ist einfach. Zigarrenkopf abschneiden und anzünden. Kurze, schnippische Züge, während eine andere Hand Feuer gibt. Jetzt pafft er wie ein Blasebalg und könnte sich einreden, daß er den Rauch genießt wie seine Geschäftskollegen. Die philosophische Frage, mit oder ohne Papiersiegel, stellt sich jedesmal. Gehrer reißt den Ring ab. Es geht nicht darum, der Welt zu beweisen, daß man sich die besten Marken erlaubt.

Fünf Minuten später ist der aschige Anfang der Zigarre noch immer da. Klar zu sehen ist der glatte Schnitt. Offenbar zieht er zu langsam.

Mit der Zeit kratzt es im Hals. Auch der Speichel wird bitter, und man möchte ausspucken, aber es bleibt nur das Schlucken.

Endlich fällt das erste Stück Asche ab. Von selbst. Gehrer weiß, daß man mit einer Zigarre nicht spielt, während sie brennt. Man hält und zieht. Kein Klopfen, kein Schaben. Dabei immer schön waagrecht.

Mit der Zeit wird es schwierig, den Fortschritt zu messen: Sind es vier oder erst zwei Zentimeter? Die Asche im Becher sagt nichts aus. Auch die anderen Zigarren am Tisch sind kein Maßstab. Er weiß nur: Es gibt noch ein gutes Stück zurückzulegen.

In einem Gartenrestaurant wäre es jetzt einfacher – man könnte sie einfach fallen lassen. Auch: Mit einer Zigarre geht man nicht aufs Klo.

Nur einmal zieht er falsch. Stichflamme in der Lunge. Husten wie aus einem Gewehr.

Er denkt: Es spielt keine Rolle, wie er raucht. Zum Beispiel: Zieht er schwächer, weniger oft, hält er sie geduldiger einfach zwischen den Fingern und läßt sie glühen, so wird es um so länger dauern. Dann geht sie höchstens aus. Wie wenn ein Kleinkind hinfällt: Man muß es wieder aufrichten, und so weiter.

Jetzt überspielt er seine Übelkeit.

Er raucht weiter, als gelte es, eine Schallmauer zu durchbrechen, hinter der es endlich zum Genuß wird.

Es ist nicht das erste Mal, daß er Zigarren raucht. Das geschieht bisweilen öfter nach geschäftlichen Essen. Er weiß, daß Jeannette ihn verabscheuen wird während der ganzen Nacht.

Manchmal gibt es keine Abkürzungen im Leben, denkt er. Das hat er seinen Mitarbeitern auch schon klargemacht – no free lunch.

Wenn es in den Augen beißt: Das läßt sich nicht verstecken.

Wenn er, ohne Zigarre, andern beim Rauchen zuschaut, wie lässig sie die Zigarre halten, wie vergnügt sie sind, wie sie lachen, gelegentlich laut herauslachen, Lachsalven versprühen, dann denkt er: Aufschneider, Wohlstandsschwein.

Daß einer vom Zigarrenrauchen tot umgefallen ist, hat er nie gehört. Komplikationen mit der Lunge oder gar Lungenkrebs, das schon, aber nicht bei Gelegenheitsrauchern. Seine Lunge ist in Ordnung. Er weiß aus der Schule, wie feinste Härchen Ruß, Staub und andere Partikel von den Lungenbläschen in die Nasenschleimhaut verfrachten. Er bräuchte jetzt nur zu schneuzen, und der Beweis läge in seinem Taschentuch.

Am andern Morgen: Galliger Schleim im Mund.

Jemand – war es Jeannette? – wünschte ihm vor der Abreise nach Harvard Glück für die nächsten

35 Jahre. Spaßeshalber. Oder war es der Finanzchef?

Erfolg über alle Maßen: Der 35jährige verkauft Erfolg – beruflichen, gesellschaftlichen – als geistige Reife. In Gesellschaft Jüngerer nimmt man ihm das gern ab. In Gesellschaft Älterer bleibt ein fahles Gefühl des Eifers. Nur ist man dort nicht ohne Grund stolz auf seine Leistung.

Es wird ihm nicht alles in den Schoß gelegt. Er arbeitet durchaus für seinen Erfolg, manchmal bis spät in die Nacht, auch an Wochenenden. Er liest die Fachzeitschriften nicht ohne Interesse. Er beraumt Sitzungen an, erteilt Weisungen hier und dort, kontrolliert die Berichte seiner Mitarbeiter, entwickelt Strategien und debattiert bei Meetings. Leistung, rohe Arbeitsleistung mit den unvermeidbaren Erfolgen. Die Erfolge sprechen durchaus für ihn, nur geben sie ihm keinen Glanz mehr.

Wenn Jeannette ihn manchmal fragt, was er eigentlich den lieben langen Tag so treibt, kann er ihr nicht antworten – und trotzdem geht's vorwärts. Als hätte er auf Autopilot geschaltet. Es kommt ihm zuweilen unheimlich vor. Was macht er anders als noch vor fünf Jahren?

Schwer zu sagen, wo ein See aufhört und ein Fluß beginnt. In der Schule lernt man: Bei der Seebrükke (General-Guisan-Quai). Auch die Landkarte ist dieser Meinung. Nur driften Schwäne schon vor der Seebrücke Richtung Fluß ab, selbst wenn es, wie heute, windstill ist. Auch bei Regen driften sie. Zeitweise merken sie's nicht und paddeln und paddeln und kommen nicht weiter. Auch die mit grauen Planen abgedeckten Boote vor der Seebrücke hängen in Fließrichtung an ihren Bojen, das sieht Gehrer sogar von hier aus.

Hinter der Seebrücke sieht es dann noch nicht eindeutig nach Fluß aus: das beständige Verbiegen, Dehnen, das Verziehen der Wellen in Fließrichtung, ein elegantes Weggleiten des Sees. Kein Sog, kein Strudel, keine Wellen, die sich überschlagen. Man könnte meinen, es sei nur die Wasseroberfläche, die dem See wie ein großes Leintuch entzogen wird. Und mit jedem Tag steht der See ein bißchen nackter da.

Schon bei der zweiten Brücke der Stadt, der Münsterbrücke, besteht kein Zweifel mehr: Das ist ein Fluß.

Keiner wird je nach diesem Diplom fragen. Eindrücke aus Harvard: Was soll er ihnen erzählen? Was soll er ihnen überhaupt erzählen?

Gehrer, kein Kauz, sondern ein Mann von Welt. Auch im Auftreten. Seine anfängliche Schlamperei hat Jeannette sofort korrigiert. Die Hosen, das feine Hemd, die Krawatte mit zartem Blütenmuster, die Jacke, alles paßt säuberlich zusammen. Auch die Schuhe. Die Designerbrille macht ihn nicht jünger, aber sie unterstreicht, daß er noch Hoffnung hegt.

Ehesamstag an der Zürcher Bahnhofstraße. Unweit von hier. Eigentlich hätte sich Gehrer auf die anstehende Geschäftsreise vorbereiten sollen, doch an Samstagen gewinnt Jeannette. Das Paar Gehrer Arm in Arm. Es ist kühl an jenem prächtigen Herbsttag, und man geht bereits in Mänteln. Das gibt ein vornehmes Gefühl, einen romantischen Hauch von Aristokratie; und Gehrer weiß, daß er auf der Hut sein muß an solchen Tagen.

Jeannette beschließt, daß Gehrer eine neue Hose braucht. Er bestreitet nicht. Man hat Zeit. Schließlich ist der Tag – im Gegensatz zu Gehrers Garderobe – noch jung. Schon das zweite Paar sitzt perfekt, der Preis ist vernünftig, und Gehrer zückt seine Kreditkarte, als Jeannette plötzlich interveniert. Also wird die Hose für eine Stunde an der Kasse hinterlegt. Sie, die Gehrers, seien gleich wieder zurück. In der zweiten Boutique nach über einem Dutzend Versuchen keine Hose, die passen will. Auch nicht im nächsten Laden.

Gehrer legt eine spektakuläre Geduld an den Tag. Geduld, die er gegen Mittag nur vor dem Hintergrund schwerer Lustlosigkeit aufrechterhalten kann. Jeannette in ihrem Element: Mit leichtem Schritt steuert sie Boutique um Boutique an. Wie ein Offizier. Dabei jedes Mal die gleiche Vorführung: Vorhang auf, Gehrer drei Schritt vorwärts, Umdrehung nach rechts mit eingestützten Armen, mit der Zeit schwerfällig wie ein Tanzbär im Zirkus, während der Verkäufer lobt und Jeannette prüft. Gehrer sagt kein Wort. Dann zurück in die Kabine, Vorhang zu. Und nochmals.

Erst im achten Laden endlich eine Hose, die auch Jeannette überzeugt, um einiges teurer zwar als die erste, aber Gehrer ist jetzt bereit, alles zu bezahlen für ein Ende dieses Marathons. Gehrer aber wird – »ihr zuliebe« – in die Kabine zurückgeschickt mit einem Stapel passender Jacken. Später dasselbe mit passenden Hemden, passenden Krawatten. Auch ein neuer Gürtel muß her – »ihr zuliebe«. Jeannette in bester Laune. Gehrer weiß nicht, warum er den Verkleidungskünstler spielt an diesem prächtigen Samstag. Dabei gäbe es noch einiges vorzubereiten für die Geschäftsreise morgen früh. Aber es gibt nichts zu sagen – schließlich sind es nicht ihre Kleidernöte.

Am Abend dann, als es draußen bereits dunkel ist und die Straßen leer sind, also weit nach dem offiziellen Ladenschluß: Licht in der Boutique. Drinnen wird das Paar Gehrer mit bestem Dank vom Besitzer persönlich verabschiedet. Dieser prächtige Samstag hat Gehrer ein Vermögen gekostet.

Später dann: Gehrer weiß nicht, wie das Thema auf Winterreifen kommt an jenem Herbstabend. An solchen Tagen fließen Gedanken und Gefühle rückwärts, Richtung Sommer. Kein Schnee weit und breit. Aber Gehrer versteht: Sie möchte, daß dies noch erledigt wird, bevor sie ihn ziehen läßt. Radwechsel als Domäne des Mannes, nebst dem Kredenzen von Wein.

Fachleute, ausgerüstet mit automatischen Werkzeugen, erledigen die Sache innerhalb weniger Minuten, das weiß auch sie. Nur sind die Werkstätten an diesem Abend schon geschlossen und sein Flug morgen früh. Radwechsel, der persönliche, als Auflage an den modernen Mann. Gehrers alljährliches Pflichtstück in Sachen Haus- und Handwerk. Durchaus möglich, daß sie ihn jetzt durchs Küchenfenster beobachtet, wie er das Auto im Neonlicht der Parkgarage aufbockt.

Manche Schrauben lösen sich wie von allein, und Gehrer kann sie von Hand ausdrehen. Andere klemmen. Ein Murksen mit dem Schraubenschlüssel hin und her, bis es ihm rot im Gesicht steht. Eine Frage der rohen Kraft, denkt Gehrer, ein idiotischer Verschleiß an Menschenkraft. Jeder Zuschuß an Intelligenz bleibt Überfluß. Endlich: ein kräftiger Tritt mit dem Schuh. Dann auch diese Schraube wie Butter.

Um Mitternacht: Ein Auto auf neuen Pfoten – ein Auto wartet auf Schnee. Risse an den Händen. Schwielen. Auch ein abgebrochener Fingernagel.

Seine Gleichgültigkeit gegenüber allem Häuslichen.

Beim Bau des Einfamilienhäuschens: Jeannette schleppt Plattenmuster um Plattenmuster nach

Hause. Man legt sie auf den Boden, hält sie ans Licht, erwägt, vergleicht mit der geplanten Innenausstattung der Küche, besonders mit dem vorgesehenen Eierschalenweiß der Küchenwände. Gehrer nimmt sich Zeit. Viel Zeit. Man berät während Stunden und Tagen. Schließlich einigt man sich auf eine Rangordnung, die beide überzeugt. In den nächsten Tagen tauchen plötzlich neue Bodenplattenmuster auf und bringen die säuberliche Rangordnung durcheinander, während bekannte Plattenmuster unbemerkt verschwinden. Jeannette wie eine Ameise. Gehrer mit Geduld im Übermaß. Jetzt kommt ihr in den Sinn, daß das vorgesehene Eierschalenweiß der Wände doch nicht zum Alabasterweiß der bestellten Küchenschränke passen könnte und vielleicht auf ein Zinkweiß oder Hellgrau ausgewichen werden muß. Also werden Plattenmuster neu ausgesucht, geprüft, eine Rangordnung zum Zinkweiß und eine zum Hellgrau erstellt. Einigung spät um Mitternacht. Am nächsten Abend: Jeannette breitet eine ganze Palette von Alternativfarben zum Zinkweiß und Hellgrau auf dem Wohnzimmertisch aus. Vier Wochen lang geht das so. Es ist lächerlich. Gehrer explodiert kein einziges Mal. Am Schluß entscheidet der Architekt für Parkett.

Es ist Februar. Es ist sein Geburtstag. Kein Schneetreiben an diesem kalten Wintermorgen, sondern nur ein langweiliges, trostloses Herunterregnen. Schnee wäre besser, denkt Gehrer. Kleider saugen keinen Schnee auf.

Warum es nie ohne Wellen geht, weiß Gehrer auch nicht. Selbst bei absoluter Windstille kommt das Wasser nicht zur Ruhe. Dabei ist an diesem Morgen kein Schiff unterwegs, und die paar Schwäne können den See nicht in Bewegung halten. Selbst der Seegrund muß absolut ruhelos sein.

Rückblickend: Mit welcher Leichtfertigkeit er zu seiner Tätigkeit gekommen ist. Architektur, Literatur, Physik, Wirtschaft, als wär's ein Würfelspiel. »Architektur ist out, die Schweiz ist gebaut« – das hatte er damals einfach so geschluckt. Heute investiert er mehr Zeit in die Planung seiner Badeferien.

Eigentlich hatte er Schriftsteller werden wollen. Schon als Grundschüler die besten Aufsätze und so weiter. Welt schaffen aus Worten, Gegenwelt, mit der Kraft, die reale Welt zu stürzen. Dann hat die reale Welt seinen Traum gestürzt, und seither ist Gehrer ein Realitätsfanatiker: »Meine Herren,

Träumerei ist in dieser Sitzung nicht angesagt, die Resultate der Marktforschung sprechen eine deutliche Sprache.«

Wenn schon nicht Literatur, dann wenigstens Physik: Umgang mit klaren Gedanken und Konzepten, mit Wahrheit, so durchsichtig wie Glas, weit vor jeglicher Verunreinigung durch Menschen. Das Denken in Ewigkeiten: Ein Atom bleibt ein Atom, auch wenn es das Atom einer menschlichen Gehirnzelle ist, die daselbst dieses Atom denkt und einmal zerfällt, so daß kein Gedanke mehr möglich ist. Die Elektronen dieses Gehirnatoms folgen denselben Gesetzen, ganz gleich, ob das besagte Hirn eine Revolution plant, einen Orgasmus erlebt, Buchhaltung betreibt oder am Seeufer sitzt und nichts denkt.

Dieser atemberaubende Raum der Möglichkeiten hatte ihn damals fast erschlagen – als wäre er verdammt, genau einen Stern aus der funkelnden Nacht zu pflücken. Auf einmal, kurz vor 20, entscheiden sich seine tänzelnden Hirnatome für Betriebswirtschaft.

Mit 35 haben sich die Möglichkeiten seltsam verengt. Das Feld ist überschaubar geworden. Die

Zukunft ist noch nicht absehbar, aber in ihren Ausprägungen erstmals beschränkt. Ein endlicher Raum. Es ist mit schneller Sicherheit zu sagen, was funktionieren wird und was nicht.

Was ihn überrascht: Daß er diese Reduktion des Spielraums heute geradezu schätzt. An viele Dinge muß er jetzt gar nicht mehr denken. Es ist in Ordnung, wenn ein ehemaliger Schulfreund zum Verlagsleiter einer namhaften Zeitung befördert oder von diesem Posten gefeuert wird. Nicht sein Problem. Er kann ihm ja nicht helfen. Ob es Sinn macht, einen Autobahntunnel westlich durch den Granitberg oder nördlich durch die Gneis-Mulde zu stechen, soll ein anderer entscheiden. Er muß sich mit 35 nicht mehr einen Reim auf alles machen! Es genügt, zu wissen, daß es Leute gibt, die ihr Leben lang nichts anderes tun, als Zeitungen zu verlegen oder Tunnel zu planen. Es genügt, davon Kenntnis zu nehmen – meinungslos, nicht gleichgültig, aber unbeteiligt. Diese Nonchalance gegenüber dem Rest der Welt.

Wohin die Sache mit der Betriebswirtschaft führen kann, hatte er ja mit eigenen Augen gesehen – sein Vater: ein guter, aber ehrlicher Revisor. Dann plötzlich ein toter Revisor. Eigentlich war er Automechaniker an Wochenenden, wohnte in Kühlerhauben, klimperte mit Schraubenschlüsseln, pflegte seine Hände in Motorenöl, schlürfte Diesel. Es lag ihm nicht, Fehler zu finden auf Papier, sondern Fehler zu beheben im Gewühl der Mechanik. Ein einsamer Wagen mit eingeschalteten Lichtern auf dem verregneten Parkplatz der Firma. Als sie ihn fanden, lief der Motor noch. Das Gewicht der im Zeigefinger eingehängten Ordonnanzpistole hatte den schlaffen Arm zwischen Sitz und Handbremse hinuntergezogen. Ein Schuß durch den offenen Mund nach oben. Die Kugel sprengte ein Loch ins Dach, von dem das Regenwasser nun in den offenen Schädel tropfte.

Warnungen in der Qualität von Sirenen.

Bibliothek der Universität Zürich. Student Gehrer hinter dem tausendseitigen Wälzer »Grundzüge des Marketing«. Noch redet er sich ein, das richtige Studium gewählt zu haben, auch wenn er jetzt heimlich Philosophie liest.

Aula – Neonlicht. Besuch eines Halbgottes der Industrie. Der CEO von IBM auf Einladung der Studentenschaft. Eine Menge gescheiter Fragen nach dem Vortrag. Endlich reißt sich auch Gehrer zusammen und schreitet zum Mikrophon: Ob ihm der Job als CEO eigentlich gefalle. Gelächter im Saal. Jetzt bricht der Diskussionsleiter ab: Schon fünf Minuten überzogen, Stoßverkehr um den Flughafen, hoffentlich sei der Gast bald wieder hier zu begrüßen, beste Wünsche für einen guten Flug, nochmals ganz herzlichen Dank im Namen aller, besonders der Studenten und so weiter.

So geht das nicht.

Wochen danach – Nachmittagssonne. Gehrer rücklings im Gras hinter dem Aula-Gebäude, während drinnen ein anderer Halbgott vor vollem Haus referiert.

Das war vor über zehn Jahren.

Vor vier Wochen nochmals dasselbe in Harvard.

Harvard Business School von außen: Rötliche Backsteingebäude wie Filmkulisse. Glitzernder Schnee auf den Dächern. Karge, vom Schmelzwasser schwarz glänzende Bäume ragen in den Bilderbuchhimmel. Gestalten in dicken Mänteln schweben von Backsteingebäude zu Backsteingebäude, so hoch steht der Schnee. Studenten, Assistenten, Professoren hinter spöttisch-ernsten Gesichtern, die letzten Geheimnisse einer heiligen Wissenschaft mit sich herumtragend. Die Last der Eingeweihten. Wie Gehrer durch den gleißenden Schnee dem Olymp der Betriebswirtschaft entgegenstapft: Warum denkt er an Initiationsriten, Brandwunden, Flammenspiele in dunklen Kellern, schrille Schreie und schallendes Gelächter aus einer tiefen Dunkelheit?

Harvard Business School von innen: Freundlich wie im Hochglanzprospekt, aber menschlicher, wenn man die Professoren, Lichtgestalten der Managementlehre, abgebildet in Zeitschriften und auf Buchumschlägen, sogar in der Schweiz, vor sich stehen hat: Leute mit Seele durchaus, gelegentlich gar witzig, hemdsärmlig, manchmal Showmen, manchmal Kumpel, einige bereits in seinem Alter, frohgelaunt in jedem Fall. Professionalität im warmen Backsteinbau. Keine Kanzelprediger. Fragen sind erwünscht. Auch Gehrer stellt Fragen, durchaus intelligente und angemessene. Sein Englisch klingt besser als erwartet, flüssiger, amerikanischer, auch wenn es mit gewissen Ausdrücken hapert. Gehrer ist erleichtert. Seine Angst, daß ein Schweizer in Harvard zum Clown wird, ist unbegründet.

Der Eifer, mit dem die Professoren über Strategien dozieren: Wann soll man aus einem Markt aussteigen? Wann soll man einsteigen? Welches sind die Kriterien? Wie das Kippen eines Lichtschalters. Ein – aus. Trotzdem macht alles Sinn. Niemand denkt an Hokuspokus.

Gehrer weiß nicht, was notieren, während die Professoren dozieren. Er weiß nicht einmal, was er dabei denkt. Gehrer, als einziger ohne Laptop, sitzt da mit verschränkten Armen, während seine Nachbarn wie verhext tippen. Dabei steht alles in Büchern, tausendmal dasselbe, schon seit Jahren. Abermals und abermals neu verpackt: Erfolg auf Märkten mit hohem Wachstum und großem Potential. Erfolg also auf sogenannten Wachstumsmärkten. Das weiß man. Innovation ist gut, inhärent gut. Alles wird gemessen an der Verzinsung des Eigenkapitals. Auch das ist nicht unbekannt. Es wird nichts Neues gelehrt, keine revolutionäre Quantenmechanik, keine Riemannsche Geometrie. Der Grundton bleibt bekannt. Und: Die wichtigste Ressource (»Rohstoff« klingt nach Verschleiß) sind Sie, meine Damen und Herren, jawohl, Sie als Brainpower. Lernen Sie deshalb unentwegt, so viel Sie können, so steigern Sie Ihren Wert.

Noch ist Gehrer willens, von ihnen zu lernen.

Anforderungen an den Topmanager der Zukunft, an Sie, meine Damen und Herren: Unbedingte Sachkompetenz auf Ihrem Gebiet, gepaart mit einem Maximum an innovativem und visionärem Denken, Grundwissen in Finanzmarkttheorie und Marketingstrategie, das können Sie sich in wenigen Monaten aneignen, keine Hexerei!, einschlägige Erfahrung im High-Tech-Sektor, Entscheidungsfreudigkeit auch in Personalfragen, dazu emotionale Intelligenz (nicht zu unterschätzen), Charisma, Teamfähigkeit, ein kooperativer Führungsstil, idealerweise Führungseigenschaften eines Churchill, ein optimales Time-Management für sich und Ihr Team, internationale Erfahrung, ohnehin ein Muß. Militärische Führungserfahrung kann Ihnen nur nützen: In der Wirtschaft herrscht immer Krieg! Am besten, wenn Sie, meine Damen und Herren, den großen Sprung noch vor 35 schaffen. Eine Familie schadet nichts, das haben wissenschaftliche Untersuchungen bestätigt, im Gegenteil: die Familie als optimaler Ausgleich zur Hektik im Geschäft. Das alles führt zu wirtschaftlichem und menschlichem Höchstmaß.

Die emotionale Intelligenz ist nicht zu unterschätzen, meine Damen und Herren.

Erschreckende Übereinstimmung in allem Denken zwischen Harvard und dem, was Gehrer schon weiß. Ernüchterung, daß er ohne Erleuchtung ins Leben zurückkehren wird.

Wettbewerbsvorteil erzielen Sie nur durch Innovation.

Die unsichtbare, lenkende Hand des Marktes, meine Damen und Herren.

Eine Management- und Professorenkaste, die daran krankt, daß sie nur in eine Richtung denken kann. Eloquenter Starrsinn. Das denkt er schon am zweiten Tag.

Der Schreck, daß, was da gelehrt wird, gleichzeitig in tausend anderen Universitäten Millionen von Weiterbildungsopfern zugemutet wird. Globale Gleichrichtung, wie sie effizienter mit den besten Drogen nicht zu erreichen wäre.

Gehrers Lust, wenn die Buchstaben zu tanzen beginnen, übereinander herfallen, sich auflösen.

Wirtschaftstheater!

Vielleicht, denkt er, riecht ihm alles zu sehr nach Übermensch.

Brainpower, meine Damen und Herren!

Nur der volle Einsatz von Technologie wird Sie gegen die Entwicklungsländer schützen, meine Damen und Herren!

Wettbewerbsvorteil erzielen Sie nur durch Innovation, meine Damen und Herren!

Und immer wieder: Die unsichtbare, lenkende Hand.

Gehrers Glaube an eine höhere Vernunft.

Professor Goldsmith, ein untersetzter Mittvierziger, Autor von über zwanzig Standardwerken im Bereich Marketing, dem daran gelegen ist, zu beweisen, daß erfolgreiches Geschäftsgebaren zwangsläufig Ausdruck präziseren Denkens sein muß. Glück haben nur die Dummen. Eine in sich stimmige Marketingstrategie hingegen beweise Genie. Goldsmith ist nicht zu ändern. Es hilft auch nicht, wenn Gehrer sich vor der ganzen Klasse ereifert, viel zu heftig ereifert. Daß die Welt nicht im Detail planbar sei, zumindest nicht in der Praxis, zumindest nicht so, wie es Professor Goldsmith eben dargestellt habe, interessiert den Professor herzlich wenig. Daß es Professoren nicht schätzen, nach der Unterrichtsstunde von eifrigen Besserwissern festgehalten zu werden, muß Gehrer gleich zweimal hören.

Am nächsten Tag – Neonlicht. Gehrer in der Bibliothek beim Beschriften der letzten Präsentationsfolien zum Fall »Global Market Strategies II«. Seine Zunge tanzt Kapriolen zwischen den Lippen, während er konzentriert Kuchendiagramm um Kuchendiagramm hinmalt. Zwei Stunden später: Übungsbesprechung. Ein forscher Gehrer vor vierzig anderen Managern legt gewissenhaft Folie um Folie auf den Projektor. Plötzlich verhaspelt er sich, die Folien fallen zu Boden und zerstieben in alle Richtungen. Gelächter, während er hastig den Foliensalat ordnet. Auch Professor Goldsmith ist ihm jetzt ein Freund und hilft zusammensuchen, tätschelt ihm dabei auf die Schulter. Der Schweiß tropft im Scheinwerferlicht des Projektors. Gehrer hat sich im Griff, während der Saal tuschelt. Dann weiter. Nur daß sie ihm den Inhalt jetzt nicht mehr abnehmen, sondern bloß noch auf seine verschwitzten Finger schauen, die da hell und riesengroß auf der Leinwand zittern.

Am Ende des dritten Tages packt Gehrer zusammen und reist ab.

Häusergewirr am Ufer in Rotbraun und Weiß, überragt und durchbrochen von Bäumen, Tempeln, Pagoden und Funktürmen. Seegewächs macht sich an Steinen fest und legt einen grünen Teppich weit hinaus. Vögel als weiße Punkte darin. Breite Steintreppen erreichen den Fluß, und man kann nur ahnen, wieviel tiefer sie reichen. Die Gewißheit, daß sich hier mehr von dem abspielt, was Gehrer das Leben nennt.

Farben, Hundegebell, Kühe, die schräg in den Straßen stehen, Turbane in allen Formen. Bemalte Lastwagen, vornehmlich in Safran und Orange. Kinder, Ziegenherden, Ochsengespanne, Frauen an Wasserpumpen und mit silbernen Gefäßen auf den Köpfen und in bunte Tücher gewickelt. Gestank von Schlamm. Staub und Dreck in den Straßen – niemals an den Gewändern. Eleganz auch der Unberührbaren. Heilige Saddhus in Lehmkörpern – Lebendtote unter senkrechter Sonne.

Immer wieder Indien.

Eine morgendliche Flutwelle, die von Süden her, von Rapperswil, anrollt, eine dunkle, graue Wand mit weißer Krone, die als Gischt zerstiebt und die Stadt zerfetzt und sie rheinabwärts aus dem Land schwemmt, daran denkt eigentlich keiner in dieser Stadt. Sonst hätten sie dicke Deiche vor die Stadt gesetzt, denkt Gehrer. Aber die gibt es nicht. Die Seebrücke schwebt nur wenige Meter über der abfließenden Limmat, das sieht er deutlich, und so steht sie schon seit Jahren. Insofern ein zuverlässiger See.

Wenn im Frühling die Schwalben über die Stadt ziehen, Schwärme von Vögeln: Was macht die eine Schwalbe zur Leitschwalbe? Auf Alpweiden: Die Marketingfähigkeiten der Leitkuh. So fragt sich Gehrer, während er an seine drei Tage in Harvard zurückdenkt.

Mit 35 weiß er, wie die Welt funktioniert. Er schlägt sich den Kopf nicht mehr an den Wänden wund. Er hat gelernt, was man vernünftigerweise erwarten darf und was nicht – und die Welt hat gelernt, was sie sich von ihm vernünftigerweise erhoffen kann und was nicht. So hat er sich mit 35 der Welt überantwortet. Er hat sich eingefügt in eine zähflüssige Ordnung, wo jeder Positionswechsel schwere, dicke Fäden zieht, die ihn an den Ausgangsort zurückzerren. Gehrer weiß, diese Fäden wird er sein Leben lang nicht mehr los. Er kann sich ja nicht einfach ausradieren und neu zeichnen. Die Welt ist kein Spielbrett, auf dem man beliebig umherspringen kann, sondern eine klebrige, zähe Brühe. Er weiß, daß ein Karrierewechsel schwierig, aber nicht unmöglich ist. Ein Manöver mit dem Komplexitätsgrad einer Mondlandung, besonders im Hinblick auf Jeannette, das soeben bezogene Häuschen, die Stellung in der Firma, die Stellung in der Gesellschaft überhaupt, also schwierig, aber mit 35 gerade noch durchführbar. Zumindest denkbar.

Die Trägheit der eigenen Karriere! Wie ein Öltanker, der von Jahr zu Jahr schwerer wird. Diese Spannung zwischen Beruf und Berufung, die fast nur über die Anpassung der Berufung abzubauen ist.

Das ist das eigentliche Ärgernis mit 35: Er kann jetzt machen, was er will, er wird kein anderer mehr. Es spielt keine Rolle, ob er nach Südamerika auswandert, in die Konzernspitze aufrückt, sich bis über beide Ohren verliebt, sich scheiden läßt, Kinder zeugt, sich als Schriftsteller, Pfarrer oder Unternehmensberater versucht: Gehrer bleibt Gehrer. An Gehrer ist nicht zu rütteln. Selbst ein jahrzehntelanger Aufenthalt in einem Kapuzinerkloster würde bloß bestätigen: Gehrer ist kein anderer geworden, kann kein anderer werden, das liegt nicht am Kloster, auch nicht an seinem Willen, sondern bloß an seinem Alter. Gehrer kehrt als der ursprüngliche Gehrer zurück, vielleicht etwas dünner oder dicklicher, etwas bleicher oder rosiger, etwas nachdenklicher oder witziger. Er kehrt mit dem alten Gehrer in der eigenen Haut zurück.

Nichts hat sich verändert. Der See ist noch da. Auch die Stadt. Die Kursschiffe liegen verlassen am Steg und glänzen im Regen. Die graue, schwere Decke, aus der keine Wolken werden wollen.

Warum steht Gehrer nicht auf und macht sich auf den Weg – zur Arbeit zum Beispiel? Worauf wartet er?

Gehrers Leben bleibt hart am Normalfall. Das weiß er. Wenn er mit 35 in Urlaub fährt, dann geht er nicht mehr auf Reisen. Urlaub mit 25, das bedeutet Autostopp mit unbekanntem Ziel, Züge mit überfüllten Waggons und stickiger Luft, Pensionen in Industrievierteln mit Käfern im Bett. Reisebekanntschaften mit Potential zu Freundschaften. Mit jedem Tag wird neu gewürfelt. Reisen als Ziel: Mit zwei Dutzend Frauen, Kindern und aufgebundener Fracht auf dem zerbeulten Dach eines Überlandbusses. Staubstraße quer durch Honduras oder die Philippinen. Das Gefährt hoffnungslos überlastet. Die Reifen auf den Felgen. Aus allen Fenstern quellen dicke, bunte Säcke, Hände, Arme, Füße, Köpfe – leblos wie ein Transport ins Schlachthaus – als wären alle Leiber an der Hitze verreckt. Selbst die kleinste Steigung wird zum Wagnis. Dann fällt die Geschwindigkeit auf Schrittempo zusammen. Der Motor heult wie ein gequältes Tier und spuckt dicken Qualm seitwärts in die Wildnis. Die Weiber hocken wie ausgestopft. Horden von Babys kleben an ihren Brüsten. Drei Tage lang Geschepper, Gerassel, flatternde Lumpen, Motorengeheul. Ruß im Gesicht. Reisen. Einfach reisen. Wohin, ist nebensächlich.

Mit 35: Er sucht jetzt Erholung. Warum sollte er nicht? Schließlich kann er es sich leisten, zivilisiert anzukommen und abzusteigen. Zum Beispiel: Er mietet sich eine Villa in der Campagna mit prächtiger Aussicht. Dort lebt er sieben Tage lang wie ein Fürst. Literatur, Wein, die tägliche Massage.

Noch vor zehn Jahren wäre er wie ein Besessener von Ruine zu Ruine gepilgert, von Steinhügel zu Steinhügel. Aber die Etrusker können ihm jetzt gestohlen bleiben. Das sagt er nicht ohne Stolz. Schließlich ist er ein freier Mensch. Er läßt sich nicht mehr so einfach von jeder Umgebung, von jeder Sehenswürdigkeit vergewaltigen. Dazu braucht es eine gewisse Reife, einen gewissen Stolz, wie gesagt, und diesen Stolz kostet er mit 35 voll aus.

Es macht ihm nichts aus, während seiner Badeferien in Yucatan die Maya-Ruinen links liegen zu lassen.

Es gibt auch ein Griechenland ohne Akropolis!

Zeitweise treibt er diese kulturelle Askese zum Exzeß. Nur fragt er sich dann, wem er was beweisen will.

Aus dem Urlaub wird beim besten Willen keine Reise mehr. Zwei Wochen am selben Strand, das hätte er damals nicht ausgehalten. Heute zählt anderes. Der Sand: kalkweiß und feinkörnig – früher war schon der Blick aufs Meer eine Sensation; das Wasser: blutwarm, kristallklar und vor allem algenfrei; das Hotel: CNN, Internet-Anschluß, Fitnessküche à la carte, kein Büfett-Fraß. Seine Reisen sind jetzt geplant, gebucht. Überraschungen, außer was das Wetter angeht, sind ausgeschlossen. Es bleibt bei der Entspannung. Was ihn beruhigt: Er ist erreichbar. Seine Mitarbeiter haben die Nummer des Hotels für den betrieblichen Notfall. Keine einzige Meldung in den ersten fünf Tagen. Die Rezeption kann nicht genug beteuern, daß sie ihm jedes Telefonat sofort weiterleiten würde: »Look here, Señor, these are all the messages we've received so far.« Aber keine einzige ist für ihn bestimmt. Auch am Tag der Abreise: Nichts. Offenbar geht's jetzt auch ohne ihn.

Kunst vermag ihn durchaus zu interessieren. Nur geht es ihm mit 35 nicht mehr um das Kunstwerk, sondern um die Kunst an sich. Früher kam es vor, daß er stundenlang vor einem Werk stehenblieb wie vom Blitz getroffen, es mit dem Blick verschlang. Dann bewegte er seinen Kopf ganz nahe an der Leinwand entlang, so als wollte er die Farbe ablecken. Die Spuren der einzelnen Pinselhärchen verfolgend. Dann zehn Schritte zurück: Das Werk aus Distanz mit zugekniffenen Augen. Dann von der Seite – dann von der anderen Seite. Das Kunstwerk: Wie es sich vor seinen Augen produziert, wie es ihn einwickelt und zum Tanz auffordert.

Mit 35: Gehrer ist nicht Künstler geworden, sondern Mitglied des städtischen Kunstvereins und Gönner der Kulturstiftung, Jahresbeitrag: 150 Franken. Der Besuch der Ausstellung lohnt sich für ihn noch immer: Er informiert sich jetzt über das zeitgenössische Kunstschaffen im allgemeinen. Überhaupt informiert er sich zunehmend allgemein. Dazu muß er sich ja nicht vor jedem Werk verbeugen! Das Tempo eines genüßlichen Waldspaziergangs reicht allemal; dann ist man nämlich in 30 Minuten durch.

Es ist nicht so, daß er die Kunst nicht mehr verstünde. Die Künstler geben sich die größte Mühe und produzieren jetzt ganz besonders für seine Generation. Einige Dinge findet er ja ganz gelungen. Nur ertappt er sich dabei, daß er mit 35 handwerkliche Qualität – Umsetzung, Ausführung, Implementation – der Genialität – Idee, Irritation, Provokation – vorzieht.

Er merkt: Ab 35 ginge es auch ohne Kunst.

Er fühlt sich jetzt öfter von älteren – reiferen? – Frauen angezogen. Das erschreckt ihn. Daß ein 20jähriger einer 35jährigen nachstellt, ist verständlich. Nur überrascht es ihn jetzt, daß auch eine

50jährige Frau attraktiv sein kann. Damals war eine 35jährige eine Eroberung, eine Sensation! Material für Neid und Gift unter den Kollegen. Heute ist eine 50jährige bloße Bestätigung, daß er selbst keine 20 mehr ist.

Natürlich kann er es sich nicht verkneifen, den Mädchen nachzuschauen. Das straffe Fleisch, ihre naive Beschäftigung mit sich selbst. Ihre verstohlenen Blicke in die Schaufenster, um zu prüfen: Das Haar noch genauso wie im vorletzten. Wozu die ganze Veranstaltung? Und doch ist ein Zusammentreffen mit einer 20jährigen oftmals nach dem ersten Satz verloren. Weshalb muß man immer den Entertainer spielen? Bei einer älteren Frau: Zumindest Hoffnung auf Lebenserfahrung. Wenn sie lächelt, dann nicht wie Reklame. Dazu muß sie den Mund nicht verziehen. Dann lächeln nur die feinen Falten im Gesicht. Aber mit den Falten lacht dann ihr ganzer Körper.

Es stimmt nicht, was andere immer behauptet hatten: Daß die Frauen einem 35jährigen Mann nur so zufallen. Wieso sollten sie? Nichts an ihm ist in den letzten Jahren interessanter geworden – außer seine finanziellen Belange, aber das sieht man ihm nicht direkt an. Ansonsten denkt er noch dasselbe wie vor fünf Jahren, und schon damals haben ihm die Frauen nicht zu Füßen gelegen. Wenn er sich in einem Punkt verschätzt hat, dann in diesem: Alter macht nicht attraktiver. Auch nicht interessanter. Es macht höchstens älter.

Je älter er wird, desto weniger mag er sich verstellen, den Unternehmungslustigen herauskehren oder den Gentleman. Er mag keinen anderen mehr spielen. Er glaubt, das sei besser so. Wenn er sich selbst imitiert, braucht er sich nicht anzustrengen. Außerdem hat das den Vorteil der Authentizität, die ihm, je älter er wird, immer wichtiger erscheint – aber ansonsten ohne nachweisbare Vorteile bleibt.

Sein Einkommen übersteigt jetzt regelmäßig seine Ausgaben. Gehrer weiß: Das Resultat unterscheidet sich kaum vom beobachtbaren Durchschnitt. Er leistet sich zum Beispiel einen persönlichen Zweitwagen. Daß es ein Porsche Cabrio sein muß, ist ihm peinlich, und er verschweigt es lieber. Andererseits ist es unbestreitbar, daß sein Porsche eine eindrucksvolle Bodenhaftung aufweist, was ihm erlaubt, die Kurven um einiges schnittiger zu nehmen, was vor allem bei den Paßfahrten – eine, höchstens zwei pro Jahr – unbestreitbaren Lustgewinn verursacht.

Ansonsten wird Geld zur Anlage. Man kratzt es nicht mehr zusammen – das erste Motorrad, die erste Stereoanlage und so weiter. Man spart es sich nicht mehr vom Mund ab. Man besitzt jetzt einen Anlagehorizont, ein Risikoprofil und eine komplementäre Portfoliostruktur. Die Schwankungen an den Börsen lassen Gehrer kalt. Im Vergleich mit den Burschen der Investmentbanken gehört er mit 35 zu den Arrivierten. Hat schon manche Schläge eingesteckt. Einbrüche kennt er aus eigener Erfahrung. Geld, wie gesagt, nicht mehr als Kaufkraft. Damit trotzdem noch etwas Spaß für die unmittelbare Gegenwart übrigbleibt, wird ein kleiner Teil des Portfolios als Spekulationskapital eingesetzt, das parallel zur allgemeinen Börsenstimmung wächst und schrumpft. Monopoly-Money für den täglichen Kitzel mit dem Spannungsgrad einer Barometerkurve.

Auf der Autobahn: Rasen nur noch, wenn's wirklich pressiert. Und weil man die Tage immer besser plant, pressiert es immer seltener. Selbst wenn es eilt, denkt man jetzt: Diese Verschwendung an Motorenleistung! Diese Verschwendung an Nerven!

Die Strafzettel werden spärlicher.

Wenn blinkende Scheinwerfer von hinten stacheln, ist es keine Aufforderung mehr zur Raserei – nicht aus Angst, die anderen könnten das Rennen gewinnen, sondern aus Einsicht. Es ist aber noch nicht soweit, daß man Polizist spielt, nur weil man dem anderen die Eile mißgönnt. Man läßt ihn überholen. Auf gleicher Höhe dann: Kein Austausch von Gesten oder Blicken. Man starrt auf den Asphalt oder dreht am Radioempfänger. Man schüttelt nicht einmal mehr den Kopf.

Der Arzt behandelt ihn mit 35 erstmals wie einen Klienten und nicht wie einen Patienten. Und weil auch die Arztgehilfin weiß, wer er ist, bleibt ihm die Beschäftigung mit der »Glückspost« im Wartezimmer erspart. Er kommt sofort dran. Business Class.

Nur Frequent Flyer Miles gibt's beim Arzt nicht.

Und doch ist er jetzt befangen. Seine Vermutung, daß mit 35 endlich etwas zum Vorschein kommen müßte, eine Herzschwäche, Magenleiden, ein Hirntumor, irgend etwas. Seine Befürchtung, daß der Arzt ein unheimliches Geschwür entdeckt, das sich seit Jahren unbemerkt an seine Innereien heranmacht, einen Bandwurm, eine augen- und hirnlose Schlange, die bereits seinen Körper durchdrungen und das Hirn erreicht hat, um es aufzufressen. Bis bald nur noch Zuckungen übrigbleiben. Seine stumme Erwartung der ersten großen Operation samt Sanatoriumsaufenthalt in diesen Jahren. Wenn ihn dann der Arzt ohne Befund und mit den besten Wünschen entläßt: Warum glaubt er ihm nicht?

Warum tun sie einem immer leid, die Schwäne, wenn sie zum Flug ansetzen? Das verzweifelte Klatschen der Schwimmhäute auf der harten Wasseroberfläche. Meilenweit. Ein verlorener Kampf gegen die Schwerkraft. Als bleibe ihr Flug nur theoretische Möglichkeit. Wenn sie dann trotzdem in die Luft kommen, ist man erleichtert. Ein einsamer Kopf weit vorn – dahinter ein schwerer, weißer, schwingender Fisch in der Luft.

Feuchtkalte Februarluft in der Qualität von Wasser.

Er lebt vernünftiger als früher: Im Winter trägt er eine Mütze, auch wenn es seine Frisur ruiniert. Und wenn es Zeit ist, legt er sich schlafen, sonst wird, das weiß er aus Erfahrung, der nächste Tag zum Unglück – besonders für seine Mitarbeiter.

Er denkt jetzt konsequenter als noch während des Studiums. Geradliniger. Warum denken, wenn das Ziel des Denkens nicht klar ist? Dann lieber noch einen Artikel aus der »Harvard Business Review« vor dem Einschlafen.

Er denkt auch sparsam. Wenn er denkt, dann sind es Stromliniengedanken. Gedanken ohne Widerhaken. Schwachstromdenken. Meistens bleibt es bei der Bilderkennung: Hier ein schönes Gesicht, dort ein häßliches.

Daß sie kinderlos sind, liegt nicht an seinem Versagen. Eher: Es fand sich bisher kein Anlaß für Kinder. Jedenfalls lag der Wunsch immer quer zu seiner Karriere. Man genießt das Reisen zu zweit, den Luxus, Länder anzusteuern, die, als Familie bereist, zum Unheil führen: Mexiko, Syrien, Vietnam, Kambodscha, Namibia, Botswana, das südliche Afrika überhaupt. Idylle zu zweit ohne Rücksicht auf Schulferien. Auch zu Hause: Ausschlafen bis weit in den Sonntagnachmittag hinein, ein genüßliches Räkeln, ein Dehnen und Wenden von den Fingerspitzen bis zu den Zehen, sich strecken, wie es nur Hunde können, und dann noch eine Stunde daliegen wie ein Toter und an gar nichts denken. Balsam für Körper und Seele.

Jetzt will sie ein Kind.

Sie ist Rechtsanwältin bei einer internationalen Kanzlei. Realistisch betrachtet, hat auch sie für ein Kind keine Zeit.

Das hat er ihr schon mehrmals zu erklären versucht.

Dabei hat er nichts gegen ein Kind, nur gegen unüberlegte Entscheidungen. Dann jeweils versteht er nicht, weshalb sie ihm die saubere Argumentation übelnimmt. Seither ist er auf der Hut – auch im Bett. Schließlich, so sagt er öfter, lebten sie in einem aufgeklärten Zeitalter. Kinder aus Brauchtum, dazu seien sie beide viel zu gescheit.

Das kann auch sie unterschreiben.

Es ist noch nicht soweit, daß sie jeden Säugling, den sie erblickt, in ihre Arme schließt. Schreiende Babys in der Business Class, dafür hat auch sie kein Verständnis. Er rollt dann seine knallgelben Ohrpfropfen zu dünnen Würmchen zusammen, steckt sie sich genüßlich in die Ohren, grinst und arbeitet flott weiter. Das kann sie dann nicht.

Aber es ist nicht nur das Babygekreisch, findet er. Schlafentzug während »der besten Jahre« (Schatz, heute nacht bist du dran), grausiger Kot in den Windeln (unumgänglich), eine Parade von Kinderkrankheiten, Magenverstimmungen, Schlüsselbeinbrüchen, Insektenstichen, Albträumen, Essensstörungen, Allergien, Konzentrationsschwächen, miserablen Schulnoten, Jugendpatzern, Liebesmühen, Liebeskrämpfen, Liebeskummer, Elternhaß, Karriereschwierigkeiten.

Ein Raub an Zeit! Ein Raub an Nerven!

Wenn sie beide über die Möglichkeit oder Unmöglichkeit eines Kindes reden, paßt er auf, daß er nicht sagt: »Dein Kind.«

Schon ein Wickeltisch in einem Männer-wc bringt ihn manchmal aus der Fassung.

Wovor er sich fürchtet – das hat er mehrmals gesehen: Familienväter und -mütter, durchaus intelligente, die intellektuell auf der Strecke bleiben. Das kann dem Hirn ja nicht bekommen: Babysprache über mehrere Jahre: »Dada, dudu, bist ein Liebes, jaja, dada.«

Von den Kosten ganz abgesehen.

Sind sie bei Freunden mit Kindern eingeladen, spielt er die Rolle perfekt. Es dauert dann keine Minute, und ein Winzling klebt an seiner Brust. Er trägt's umher, wiegt es wie ein Könner und betätigt sich nicht ohne Talent in der Babysprache. Jeannette ist entzückt; die Gastgeber klatschen. Einstimmige Meinung: Gehrer gibt einen guten Daddy ab! Mit der Zeit versucht das junge Geschöpf dann doch aus seinen Armen zu krabbeln, dann wütend zu zappeln. Alles Wiegen jetzt nutzlos. Plötzlich schreit es auch noch. Die Mutter reißt es ihm aus dem Arm – wie gern gibt Gehrer sich geschlagen –, und das Kind ist urplötzlich still und zufrieden. Trotzdem: Bravo allerseits! Gehrer hat den Part gut gespielt. Das findet Jeannette noch die ganze Woche. Später am Abend, selbst als die Kinder endlich im Bett sind: Weshalb das Gespräch jetzt nicht auf die Probleme der Globalisierung oder der politischen Situation in China kommt. Gehrer muß feststellen: Jede Diskussion unmöglich. Dabei sind ihre Freunde durchaus intelligente Freunde. Kein Wort dieses Abends erinnert an die hitzigen Diskussionen, die noch vor wenigen Jahren möglich waren. Zuviel Babysprache, denkt Gehrer.

Unter Lebensaufgabe hat Gehrer etwas anderes verstanden als Kinder.

Er läßt sich von keiner »Biological Clock« vergewaltigen!

Das darf man einem Partner wohl sagen.

Wie viele Kinder sind wirklich gewollt?

Es gibt Paare, die wollen kein Kind aus sozialen oder ökologischen Gründen: Übervölkerung der Welt, Katastrophen, Unheil aller Art. Dazu gehört Gehrer nicht. Für ihn ist die Welt grundsätzlich in Ordnung, auch für Kinder.

Auch er gibt zu: Manchmal sind sie tatsächlich süß, sogar sehr.

Idealerweise: Kinder im Ruhestand, dann hätte man Zeit!

Natürlich gibt es auch schöne Stunden, sagen ihm seine ehemaligen Freunde, die Väter geworden sind.

Einmal macht er Jeannette den Vorschlag, sie könnten sich statt dessen im lokalen Kinderheim engagieren, auch zeitlich. Auch gesellschaftlich betrachtet eine sinnvolle Tat. Ein Samstag pro Monat: Spazieren mit den jungen Engelchen, ein Ausflug in die luftigen Berge, fröhliches Eiscremelutschen und so weiter. Kinderchen wie im Film. Sie stimmt zu, in der Hoffnung, daß sich sein Herz erwärme. Gehrers Kalkül: Reality-Check für Jeannette. Nach zwei Monaten wird die Übung abgebrochen. Ihre felsenfeste Überzeugung, daß aus ihrem Kind kein ungezogener Bengel wird.

Warum nicht nach 40? Gehrer weiß: medizinisch-technisch ein Kinderspiel, trotz ihres gemeinsamen Alters. Ein Kindermädchen zu hundert Prozent, wenn auch sozial ungewohnt, dann immerhin finanziell möglich.

Was, wenn nach einer mühevollen Geburt im ausgelaufenen Fruchtwasser ein zusammengeschnurrter Krüppel daliegt und trotzig zuckt?

Wenn er jetzt kein Kind will: Ist er deshalb ein Unmensch?

»Wer sich mit fünfunddreißig und beginnendem Haarausfall noch ein Kind andrehen läßt, ist nicht zu retten«, heißt es bei Günter Grass.

Gehrer bemüht sich, sachlich zu bleiben. Aber es bleibt ein Eiertanz. Was tun, wenn jedes Register versagt? Manchmal gibt er auf. Über Kinder kann man mit ihr – immerhin einer Anwältin mitsamt Patent – nicht sachlich reden.

Wenn er sie fragt, seine Freunde, die jetzt Väter und Mütter geworden sind, ob sie ihren Entschluß, Kinder zu zeugen und aufzuziehen, bereuen oder nicht, trotz aller Entbehrungen, auch der intellektuellen, und sie seine durchaus legitime Frage in allen Fällen energisch verneinen, dann versteht Gehrer jeweils die Ausweglosigkeit der Frage. Denn wie sollen seine väterlichen und mütterlichen Freunde sich kinderlose Freiheit überhaupt noch vorstellen? Lesetage, einsame Wanderungen, grandiose Konzerte, Theater, Kultur überhaupt. Reisen, wohin der Wind sie trägt. Schon eine Paßfahrt im Porsche würde zur Unmöglichkeit – schnittige Kurven im goldenen Laub, dann einzelne Föhren, dann Felsen und Gletscher, ein kühles Bier in dem Hospiz, wenn sie dazu aufgelegt sind, vielleicht ganz spontan eine Übernachtung, eisig funkelndes Sternenzelt und so weiter.

Präziser schon die Frage, was sie, ihre besagten Freunde, überhaupt erwarten – erwartet haben –

und ob sich ihre Erwartung bis heute mit der Realität deckt? Bestätigung der Ehe, Betonierung der Ehe, heiliges Sakrament, Versicherung vor der Vereinsamung, Brauchtum, soziale Verpflichtung, besonders ihren eigenen Eltern gegenüber, Lebenssinn et cetera.

Eine Frage, die sie vergrämt.

Weshalb darf nicht gefragt werden?

Offenbar geht's auch mit Kindern: Bismarck, Brecht, Galilei, Gandhi, Gutenberg, Max Weber.

Daß sie noch kein Kind haben, kann er sich nur schwer erklären. Seine Vermutung beschämt ihn und macht ihn still.

Gehrer blickt auf den vormittäglichen See und stellt sich vor, wie das Wasser in einem langen, kalten Winter zufriert. Enten, wie sie verdutzt auf der Eisfläche stehen; zeitweise auf einem Bein, wie aus Langeweile. Spaziergänger in dicken schwarzen Mänteln. Zuerst werfen sie Steine aufs Eis. Dann immer schwerere Brocken. Das Eis hält. Dann schicken sie ihre Hunde – der Holzknebel schlittert weit hinaus, und der Hund, zuverlässig wie immer, bringt ihn zurück. Bald wagen sich die ersten Schlittschuhläufer auf die Eisschicht. Es spricht sich allgemein herum: Das Eis ist stark genug. Beamte der kantonalen Seepolizei schneiden mit einer Motorsäge Platten aus dem Eis. Die so gewonnenen Querschnitte zeigen ein einwandfreies Bild. Bald darauf bestätigt die Seepolizei: Betreten allgemein erlaubt. Im Nu entstehen Eishockeyfelder, Schlittschuhparcours, Rennstrecken und Familienparaden. Händler zimmern Stände zusammen für allerlei: Musikkassetten, Mützen, Handschuhe, Schlittschuhe, Hot dogs, Kaffee und Schnaps. Ein Volksauflauf. Waghalsige Autofahrer beginnen, die direkte Route über den See zu wählen, um von einer Seeseite auf die andere zu gelangen. Als der Frühling kommt, will das Eis nicht schmelzen. Auch nicht im Sommer. Messungen der kantonalen Seepolizei ergeben, daß die Eisdicke gar zugenommen hat. Dasselbe im Herbst. Im darauffolgenden Winter friert der See ganz ein. Kein Wasser bis auf den Grund. Gefrorene Fische im Eis.

Jahrelang bleibt der See zugefroren – auch in den heißesten Sommern. Schlittschuhläufer in Shorts und T-Shirts. Ein permanentes Volksfest. Experten aus aller Welt strömen heran und reisen kopfschüttelnd wieder ab.

Nach vielen Jahren beginnen die Stadt Zürich und die dem See anliegenden Gemeinden, einzelne Seeparzellen als Bauland zu verkaufen. Es entstehen dort die schönsten Villen – Villen auf neuem Grund. Sie karren tonnenweise Erde heran und bauen Gärten. Sie bauen Straßen, Parks, Einkaufszentren, Schulen und Sporthallen. Bald merkt niemand mehr, daß da einmal ein See war. Nur die älteren Menschen denken manchmal an helle, blaue Sommertage mit Segelbooten zurück.

Nach vielen Jahrzehnten einmal, im Spätherbst, beginnt das Eis zu schmelzen. Zuerst merkt man nichts. Nur die Geologen melden sensationelle Wasserfunde in den tiefsten Tiefen. Doch dann, nach wenigen Tagen: Wasserlachen auf den Straßen. Dabei war das Wetter so trocken in diesen goldenen Herbsttagen. Dann immer mehr Wasser, bis die Straßen mit einer hauchdünnen Wasserschicht überzogen sind. Wasser plötzlich auch in den Kellern, dann in den Wohnzimmern. Dann verschwinden die Häuser, Gärten, Schulen, Straßen, Sporthallen. Sie saufen einfach ab. Wie in Zeitlupe. Schon im nächsten Sommer wieder bunte Segelboote auf dem See. Taucher finden nur Schlingpflanzen, Sand und Steine auf dem Grund.

Bahnhof Kalkutta: Das dumpfe Gefühl einer Verschwörung gegen ihn. Sie glotzen ihn an, als käme er von einem andern Planeten: Männer, Frauen, Ziegen, Kühe, Kinder, Hunde, Schafe in der hohen Bahnhofshalle. Jetzt kommt einer auf ihn zu, gibt ihm scheu die Hand und flüstert etwas in einer Sprache, die Gehrer nicht versteht. Dann ein Schritt zurück – große Augen über einem verzagten Lächeln –, und der Mann verschwindet im Gedränge. Wahrscheinlich wollte ihm einer die Hand schütteln, weiter nichts. Ein Griff in seine Hosentasche bestätigt: Sein Portemonnaie ist noch da. Ebenfalls sein Rucksack, er hält ihn in der linken Hand, das sieht er. Während Gehrer dasteht und denkt, verpaßt er die Ansage per Lautsprecher.

Immer wieder Erinnerungen an Indien. Die schwangere Luft über den Dünen. Das Funkeln des Mondlichts über dem Meer. Die trockenen, glühenden Ebenen. Gehrer im Himmel.

Oder später: Gehrer in Orissa, wie er zupackt beim Beladen eines Lastwagens. Reissack um Reissack unter höllischer Mittagssonne. Gelber Staub, so dicht, daß seine eigenen Füße verschwinden. Staub, der sich am Schweiß der Stirn festklebt. Staub, der den Horizont verwischt. Dann plötzlich reißt ein

Sack. Gehrer steht knöchelhoch in einem Berg von Reis und Staub. Geschrei ringsumher. Gehrer mit leerem Sack am ausgestreckten Arm. Um seine Beine herum jetzt Dutzende von Händen, die Reis in einen neuen Sack schaufeln. Dazwischen schnüffeln Hunde. Am falschen Zipfel angepackt. Nichts weiter. Niemand nimmt es ihm übel – außer Gehrer.

Stunden später liegt er zwischen Reissäcken auf der Ladebrücke. Es schüttelt über dreißig Stunden lang bis nach Madras. Die Flugverbindung über New Delhi nach Zürich klappt einwandfrei, nur heute morgen bei der Paßkontrolle am Flughafen hatten sie ihn, wie gesagt, länger als sonst gemustert, wahrscheinlich nur einen Augenblick länger als während seiner zahlreichen Reisen als Manager eines multinationalen Softwarekonzerns.

Was zum Teufel erwartet die Welt eigentlich von ihm?

Warum gerade Indien? Boston Logan Airport, Terminal A, wenn man die Treppe hochkommt: Der erste Schalter ist Air India. Um ein Haar wäre Gehrer in Deutschland gelandet – wenn man die Treppe hochkommt, Lufthansa, der zweite Schalter. So einfach. Raus aus der betriebswirtschaftlichen Druckkammer! Wohin, war nebensächlich.

Gehrer hinterläßt Meldung im Sekretariat der Harvard Business School, spricht aufs Band, da weit nach Bürozeiten, spricht gefaßt, nicht aufgeladen, sondern kühl und kontrolliert wie ein Manager, ein dringender Fall, geschäftlich, er werde sich wieder melden. Dann werden die Türen geschlossen, und Air India Flug 127 rollt auf die mit hellen Lichtern durchpunktete nächtliche Startbahn hinaus. Bald darauf: die Stadtlichter Bostons als verwaschener Lichtfleck, der dunkle Charles River, der Cambridge von Boston trennt, immer schwächer, dann hinter Schleierwolken, dann nur noch Sterne. Mondglanz auf dem Flügel. Die grüne Positionslampe weit außen, dort, wo die Maschine aufhört.

Seine geschwindelten Statusmeldungen an Jeannette. Wenn das Gespräch auf Harvard kommt, was es meistens tut, wird er unwirsch. Über Harvard gibt es nicht viel zu melden – besonders nicht aus Indien. Manchmal vergehen Tage ohne Verbindung. Ein Mobiltelefon in der Steppe hilft nicht viel. Selbst in den Städten bleibt der Empfang spärlich. Ein Mobilnetz wie Emmentalerkäse. Jedes Knacksen in der Verbindung läßt ihn zusammenzucken. Wenn er die Okay-Meldung ins Geschäft liefert, dann vornehmlich nach den Bürozeiten. Telefonbeantworter stellen keine Fragen. Mit der Zeit gewöhnt er sich daran: Telefonapparate mit zähen Wählscheiben; wählen, bis die Fingerkuppen Ringe zeigen.

Warum gibt er nicht zu, daß er nicht in Harvard ist?

Gehrer auf Tauchstation in Indien. Schon möglich, daß sie es nie herausfinden werden.

Gehrer weiß: Da gibt es einen Direktflug nach Indien heute um acht Uhr abends, Zürich-Kloten Terminal A. Er müßte nicht einmal packen – hat ja noch alles im Rucksack.

Oder nach Mexiko, Wohnung in der Zona Rosa, sich schreibend sechs Monate lang erfüllen. Oder Fidschi, Korallenwasser, Gehrer als Küchengehilfe in einem kleinen Hotel auf einer winzigen Insel. Nachmittagspause unter Palmen oder beim Sammeln von Muscheln. Oder Südamerika. Oder Vietnam. Oder Tansania. Wieder verreisen, noch ein letztes Mal. Egal wohin. Gehrer als Wiederholungstäter. Bis er wieder dasitzt auf dieser Bank am See und denkt – man schreibt September oder Dezember oder wieder Februar. Heimat, die zurückruft.

Wenn er in einer Hotelhalle in irgendeiner Weltstadt wartet – es spielt keine Rolle, auf wen: seine Frau, einen Geschäftspartner –, so fragt er sich, wer er eigentlich ist, wen er darstellt vor all den Menschen, die ebenfalls in der Hotelhalle warten – es spielt keine Rolle, auf wen. Ist er der Geschäftsmann, der internationale Manager? Seine Kleidung deutet darauf hin. Oder ist er ein als Manager verkleideter Kunstliebhaber, Langweiler, Frauenkenner, Menschenkenner, ein Genie, ein Perverser, ein Spinner? Woran liegt es, daß man sich in langweiligen Momenten – man wartet und wartet – innerlich so reich vorkommt, so wild und verwuchert, obwohl man weiß, daß dieses sogenannte Innenleben unergiebig ist, solange es nicht umgesetzt wird. Es bleibt ein Fernsehfilm, der über den inneren Bildschirm flimmert. Man klammert sich mit 35 fest an diesem virtuellen Innenleben, diesem reichhaltigen, hält sich tatsächlich für diesen Menschen, diesen reichhaltigen. Je mehr Gehrer im Leben wartet, desto mehr erliegt er dieser Illusion. Deshalb meidet er Hotelhallen. Er beschäftigt sich lieber. Totzeit ist ihm suspekt.

Eigentlich weiß er: Dieses Reich, das sich in seinem Kopf produziert, ist nichts anderes als ein biochemischer Sturm. Er kommt zu dem Schluß: Denken allein genügt nicht. Man müßte leben. Denken ist weder hinreichende noch notwendige Bedingung menschlichen Lebens. Denken, ohne zu handeln, ist so primitiv wie fernsehen. Man betrachtet die Bilder, die im Kopf umherwirbeln, und dann meint man, man sei reifer geworden, gescheiter.

Angenommen, er wüßte, wer er sei, er hätte sich erkannt, allen Gips, alle Verzierungen abgehauen, bis nur noch der Granit, sein wahrer Kern, Gehrer in Reinform, sein Konzentrat, schnörkellos, schmucklos, ohne Ornamentik, ohne rauschende Kostüme, Gehrer ohne aufgesetzten Job, aufgesetzte Ehe, aufgesetzte Freundschaften, Interessen, Hoffnungen, dastünde: Was wäre dann gewonnen? Wie dürr und klein wäre der Rest? Wie farblos? Und vor allem: Wie austauschbar!

Rötlich-staubige Erde, überzogen mit Luft wie glasiges Gestein. Kamele ziehen einachsige Karren mit dicken Reifen. Darauf jeweils einer im Schneidersitz in weißen Tüchern mit Turban und Peitsche, der wartet, bis sein Ziel vorbeikommt; dann stoppt er das Kamel. Zeitweise hockt er nicht, sondern liegt auf dem Karren und schläft unter der glühenden Mittagssonne, während sein Kamel gleichmäßig die Straße entlang weiterschreitet, oft stundenlang. Eine Verschwendung an Farben und Düften, weiße Pagoden mit flatternden Wimpeln in allen Farben. Architektur aus einer anderen Welt. Eine Explosion an Zauber.

Die unendliche Ruhe der Kamele. Wenn sie ihren majestätischen Gang gehen, bleibt ihr Blick horizontal, und manchmal federt die dicke Unterlippe im Gleichmaß ihres Ganges mit. Selbst wenn sie auf ihren langen Hasenpfoten sitzen, schauen sie niemals zu Boden oder zum Himmel – was könnte die Vertikale schon versprechen?

Warum gelingt es ihm immer seltener, nichts zu tun? Nichts zu lesen, nichts zu denken. Mit 35: Nicht gewohnt, untätig zu sein; als sei jede Minute gewissenhaft einer Tätigkeit zuzuführen. Das geht so weit, daß er selbst winzigste Momente, zum Beispiel in der Warteschlange vor dem Postschalter, in Resultate verwandelt, indem er die Handelszeitung zückt oder ein dringendes Telefonat veranstaltet. Was er sich abgewöhnt hat: im Zug zu sitzen und geistverlassen in die Landschaft zu starren, die sich hinter der Scheibe produziert. Wenn schon Landschaft, dann mit Ziel. Etwa: Wie verändern sich die Vegetationsstufen auf der Gotthard-Route? Oder: Die Progression der Stilrichtungen von Bauernhöfen entlang der Strecke Bern–Luzern. Die wuchtigen Dächer mit ihrer größten Ausprägung in der Region Escholzmatt – kurz bevor das Emmental mit dem Entlebuch kollidiert –, dort sehen sie besonders ernst aus, die Häuser: Steile, schwere Dächer, die ihre Höfe samt Vieh und Heustock erdrücken und in Grund und Boden stoßen. Es würde einem ja sonst noch viel Lustiges auffallen dort draußen, aber er verweigert sich konsequent diesen Verlockungen. Dann lieber etwas Gescheites lesen. Es gibt ja noch so viel, was man wissen müßte! Am glücklichsten ist er mit seinem Laptop. Da gibt es immer aufgestaute E-Mails abzuarbeiten, während das Fenster ziellose Landschaft zeigt.

Im Flugzeug wird entweder gearbeitet oder geschlafen.

Wenn er schlafen will, will er schlafen. Dann kommt es ungelegen, wenn ihm Jeannette liebevoll durchs Haar fährt, ihn streichelt. Er zuckt zusammen, mürrisch. Als wären's Ameisen in seinen Haaren. Selbst Zärtlichkeiten haben sich jetzt, mit

35, an seinen Fahrplan zu halten. Umgekehrt: Wenn er durch ihr Haar fährt, dann nicht aus der Laune des Moments heraus – das ist für Verliebte! –, sondern weil es etwas zu bewirken gilt.

Was ihm zu schaffen macht: daß er immer auf Jeannette warten muß. Man könnte meinen, nach all den Jahren hätte er sich daran gewöhnt, aber es wird immer schlimmer. Es vergnügt sie, Zeit zu verschwenden mit beiden Händen, als gäbe es keinen nächsten Tag.

Wenn er sie »Königin der Ewigkeit« nennt, ist es nicht bös gemeint.

Das sagt er ihr nur einmal.

Zum Beispiel im Hotel: Er hat längst geduscht, gepackt und steht jetzt, Hände in den Manteltaschen, gelangweilt im Hotelzimmer herum, während im Bad noch immer der Fön dröhnt. Früher hätte man sich eine Zigarette angezündet, denkt er. Er weigert sich, sich auf die Bettkante zu setzen oder auf den Stuhl, und so steht er halt, als setze er damit ein besonderes Zeichen der Eile. Geschnatter auf CNN im Hintergrund.

Längst hat er es aufgegeben, an die Tür zu klopfen und ihr all die guten Gründe zu servieren. Es hat keinen Sinn. Er würde sich bloß lächerlich machen. Sie kann nicht schneller. Es ist immer dasselbe. Er weiß, daß sie weiß, daß sie spät dran sind. Er weiß, daß sie weiß, daß es mit dem Flug knapp wird, daß sie den Hotel-Shuttlebus zum Flughafen bereits verpaßt haben und daher ein Taxi unumgänglich wird, $ 50 plus Trinkgeld. Was immer hinter dieser geschlossenen Tür vorgeht, er läßt es geschehen. Sie hätte kein Verständnis für sein Drängen. Schließlich dauert es seine Zeit, bis die Haare trocken sind und die Frisur steht, und daß sie nicht mit schlampigen Haaren zum Flughafen kann, ist ihm auch klar. Also bleibt ihm, wie gesagt, nichts anderes, als dazustehen, Hände in den Manteltaschen.

Soll er noch schnell seine E-Mails herunterladen? Aber bis das Gefummel mit den Kabeln und den lokalen Einwahlnummern in einer fremden Stadt jeweils funktioniert! Wenn sie dann meldet: »Schatz, noch zwei Minuten«, weiß er: noch eine halbe Ewigkeit! Also doch die E-Mails oder nochmals durch die gestrige Zeitung. Aber er kann sich nicht konzentrieren. Er weiß: Selbst ein Taxi mit Blaulicht würde jetzt den Flug verpassen.

Gehrer – ein Herkules der Geduld.

Kommt sie dann endlich strahlend, ja blitzend aus dem Bad, ruft er in aller Ruhe den Portier. Es spielt jetzt keine Rolle mehr.

Egal, wohin und für wie lange, sie packt ihre beiden Koffer zum Bersten voll. Meistens ist es dann er, der das Kunststück fertigbringen muß, sie zu verschließen. Dann kniet er wie ein Büßer mit seinem ganzen Gewicht auf dem dicken Koffer; seitwärts quellen Blusen, Slips und ganze Kosmetikgarnituren heraus, die er mit der einen Hand wie eine Staumauer aufhält, während die andere trickreich den Reißverschluß Zentimeter um Zentimeter vorwärts treibt. Er flucht mit heißem Kopf und fragt sich, weshalb ein einfaches Wochenende, zum Beispiel in Venedig, vier verschiedene Abendgarderoben erfordert. Das denkt er aber ganz leise und nur für sich. Argumentieren zwecklos.

Also schenkt er ihr zum Geburtstag zwei schicke Koffer von Louis Vuitton, bedeutend kleiner zwar als die alten, dafür edel und, wie die Verkäuferin versichert, mit Qualitätsreißverschlüssen, die »alles aushalten«. Jeannette fällt ihm um den Hals. Der Trick scheint zu funktionieren. Während der nächsten Reise: Jeannette mit zwei prallen Louis-Vuitton-Köfferchen. Es geht jetzt alles viel leichter: die Zugfahrt zum Flughafen, Einchecken ohne Übergewicht, der Transit am Flughafen, die Taxifahrt in die Stadt, die Ankunft im Hotel. Alles ohne die übliche Armee von Portiers. Ihre vier Hände genügen, und die Siebensachen stehen im Zimmer. Geradezu ein Vergnügen! Beim Auspakken seiner flott gebügelten Hemden lacht ihm als erstes ein dicker Stoß Damenunterwäsche entgegen. Warum führt sich Gehrer auf, als hätte er's nicht erwartet? Es ist lächerlich.

Die Betriebstorte wird bereits auf ihn warten. Auch den Maienfelder wird man schon kalt gestellt haben. Noch kann er sich Zeit lassen. Das wöchentliche Marketing Meeting bleibt ein Marketing Meeting auch ohne ihn. Auch die E-Mails werden ihm nicht davonlaufen. Nur ein unentschuldigtes Fernbleiben vom Geburtstags-Apéro würden sie ihm übelnehmen. Gegen Nachmittag wird er sich deshalb an der Torte vergreifen und zusammen mit den anderen feiern, anstoßen und Gratulationen zu seinem Harvard-Diplom entgegennehmen.

Wenn der Flughafen meldet, die Boston-Maschine sei in Zürich gelandet, dann ist darauf Verlaß. Das kann es ja geben: Daß sich einer nach einem anstrengenden Flug ein Stündchen hinlegt, bevor er ins Geschäft hastet. Dafür hat jede Sekretärin Verständnis.

Auch Jeannette wird die offiziellen Fluginformationen gelten lassen. Sie wird sich bloß fragen, weshalb er sie nicht vom heimatlichen Boden aus anruft. Daß nach einer Reise der Handy-Akku leer ist, kann vorkommen. So oder so, das Dinner heute abend steht. Kronenhalle, Brasserie. Das hatten sie so vereinbart. Sie wird direkt von der Anwaltskanzlei ins Restaurant kommen. Gehrer freut sich. Er freut sich wirklich. Schließlich sind es vier Wochen her. Was soll er ihr erzählen?

Noch hat er Zeit.

Manchmal kommt es ihm vor, als sei alles erreichbar. Eine luftige Kinderleichtigkeit beflügelt ihn dann. Das Leben als Spielwiese. Als brauche er sich nur etwas zu wünschen, und schon stehe die Erfüllung vor der Tür. Der Wunsch als schwierigster Akt.

Einmal gefragt, was er sich denn wünschte im Leben, wenn ihm eine Märchenfee die Erfüllung dreier Wünsche garantierte, antwortet er strahlend, er habe nur einen Wunsch, nämlich eine unbeschränkte Anzahl sich erfüllender Wünsche. Die könne er dann nach seinem Belieben einlösen. Danach ist es ihm peinlich, das Spiel nicht richtig gespielt zu haben; und es verdrießt ihn, daß es ihm jetzt peinlich ist.

Schon wieder und in unendlicher Wiederholung: Die Nummer 11 an der Haltestelle. Dann ein Ruck, und sie rollt davon.

Mit 35: Er hat am eigenen Leib erfahren, daß Erfolg keine Frage des Intellekts sein kann. Eigentlich, so denkt er, ist es eine simple Welt, in die er hineingeraten ist. Ebenso wie die Gesetze der klassischen Physik passen die Gesetze des Lebens, das hat er einmal in einem amerikanischen Erfolgsbuch gelesen, auf eine Postkarte:

a) do one thing at a time
b) never burn bridges
c) always be reasonable
d) smile

Warum brauchte er 35 Jahre, um dies zu akzeptieren?

Wo steht geschrieben, er müsse mit dem Kopf durch die Wand? Wo heißt es, daß das gescheitere Argument stets das bessere sei? Wer behauptet, er müsse die Welt verstehen, um Glück zu finden?

Es ist eine denkbar einfache Ordnung, der er sich hier zu stellen hat, eine geradezu faire Ordnung, weil unabhängig von Intelligenz und Schönheit.

Vor Jahren nahm ihn ein reicher amerikanischer Geschäftsmann zur Seite, warf seinen dicken, braungebrannten Arm über seine Schulter, grinste ihm mit strahlend weißen Zähnen ins Gesicht und flüsterte ihm jenen Spruch ins Ohr, den er seither nicht mehr vergessen hat: »You know, people just have to like you.«

Jetzt weiß er's: »People just have to like you.« Warum lernt man das nicht in der Schule?

Eigentlich hatte er's immer schon gewußt, nur bestreitet er's jetzt, mit 35, nicht mehr.

Es genügt nicht, daß er weiß, was zu sagen ist. Er weiß, wie man's sagt, damit das Gemeinte Effekt hat. Auch Unangenehmes. Zum Beispiel: Eine Kündigung auszusprechen ist auch für den 35jährigen kein Vergnügen, aber es gelingt. Der Mitarbeiter versteht: Es ist besser für beide Seiten, wenn er die Firma verläßt. Dabei ist es nicht einmal gelogen. Es kommt dann vor, daß der entlassene Mitarbeiter noch Jahre darauf Weihnachtskarten schickt.

Es geht jetzt nicht mehr um Fakten oder Argumente, sondern um die Verpackung der Meldung. Das gewünschte Resultat steht im Mittelpunkt. Argumente, die Vernunft überhaupt, stehen nur im Weg.

Zum Beispiel wenn es darum geht, Jeannette von der Idee einer komplizierten Kulturreise über drei Kontinente abzubringen: Daß sie es verdient habe, auf dem sanften Pulverstrand zu liegen und dem meditativen Schlagen der Palmblätter im Wind zu lauschen. Das Rauschen der Wellen, die Ayurveda-Öl-Massage, die genüßlichen Fruchtdrinks, ja, daß gerade sie, die sie weiß Gott nicht zur Entspannung komme in ihrem hektischen Anwaltsalltag, eine romantische Reise auf eine einsame Insel wie kein anderer Mensch auf dieser Erde genießen werde. Er hätte auch kurz und bündig erklären können: Ich mache keine Kulturreise mit, ich brauche Entspannung, verdammt noch mal! – eine durchaus begründete Antwort, nur wäre es dann garantiert zur Kulturreise über drei Kontinente gekommen.

Argumente sind wie Säure, die sich ins Gesellige hineinfressen, es töten und auflösen. Argumente behindern. Argumente verletzen. Deshalb besser ohne Argumente, dafür mit viel Zucker.

Gehrer wird zum Lebenspolitiker. Ein herzerfrischendes »Ja!« oder ein apodiktisches »Nein!« kommt mit 35 selten mehr.

Das hat er gelernt: Auch ein noch so dummer, sinnloser, unbrauchbarer Antrag darf niemals durch ein hartes Nein abgeblockt werden, auch nicht durch ein hartes Nein mit Gründen. Hinter einer Forderung stehen Menschen, deren Anliegen sich vielleicht einmal mit den eigenen Anliegen decken werden. Man hat ja nichts gegen die Menschen, auch wenn ihre Vorschläge äußerst unergiebig sind. Gehrer erwidert, der Vorschlag sei durchaus legitim, durchaus interessant, ein Zeichen von Initiative, prüfenswert, überhaupt würden ihre Vorschläge hoch geschätzt, nur sei die Zeit – die momentane Situation, der Zustand der Firma, die Gegenwart überhaupt und so weiter… Nein, nie versteift er sich zu einem unbeweglichen Nein.

Andererseits sind Vorschläge, bei denen er früher mit einem herzhaften Ja angebissen hätte, jetzt anders zu behandeln, abzudämpfen. Aus dem lustvollen wird ein wohlgewogenes, ein joviales Ja mit Einschränkungen. Die bedingungslose Zusage käme einer persönlichen Kapitulation gleich.

Vernunft verletzt. Deshalb tut er gut daran, nicht schlüssig zu argumentieren, sondern konziliant zu taktieren.

Argumente sind gefährlich. Sie sind wie Minen, die irgendwann und irgendwo losgehen können. Je mehr Vernunft ins Spiel kommt, desto größer die Gefahr, daß das ganze Gebäude einmal explodiert. Auf lange Sicht werden Argumente unangenehm und beißen zurück wie tollwütige Hunde. Je mehr Vernunft, desto vorsichtiger muß man gehen. Jeder Schritt wird zur Mutprobe.

Überhaupt entdeckt er die Grautöne mit 35 und daß sich mit Grautönen besser leben läßt. Nichts ist per se ausgeschlossen. Alles bleibt möglich. Das Leben: ein Netzwerk von Deals, von Arrangements ohne Kanten.

Bis er nur noch Grautöne sieht.

Auch eine Ehe als Deal.

Was kein Deal ist: das Altern, der Tod.

Gehrer hat Takt. Seine gewinnende Art überträgt sich direkt in Erfolg. Dabei kein Arschkriecher. Wenn ihm ein noch so bedeutender Klient befiehlt: »Handstand!«, dann macht er keinen Handstand, sondern gratuliert seinem Klienten erst mal zu dem gelungenen Einfall und organisiert einen Handstand anderweitig, ohne sein Gesicht verlieren zu müssen. Denn er kennt die delikate Grenze nach unten zur Arschkriecherei, zum Einschleimen. Gehrer, mit 35: taktvoll und zuvorkommend.

Weil er den geschliffenen Umgang mit Klienten im Blut hat und alle Zellen seiner Person damit durchtränkt sind, muß er aufpassen, daß er nicht Freunde, echte Freunde, mit Klienten verwechselt. Etwa wenn ihn ein Freund über eine heikle persönliche Entscheidung aufklärt – Scheidung, Karrierewechsel –, um die Beurteilung eines Werks bittet – Buch, Garten – oder seine Meinung zu einer Anschaffung – Innendekoration, Kunstsammlung – erfragt. Dann muß seine Antwort nicht immer zustimmend ausfallen. Er braucht nicht um Sympathien zu werben, keinen Deal über die Zielgerade zu schieben. Gefragt ist seine aufrichtige Meinung, nichts weiter.

Das aber ist mit 35 schwierig geworden.

Das Werk eines Freundes in Bausch und Bogen zu verdammen, fällt ihm zunehmend schwer, auch dann, wenn die Begründung auf der Hand liegt. Er muß sich zwingen, kritische Bedenken anzumelden, Bedenken, die sich plötzlich lieber in Luft auflösen. Keine Tätigkeit, die ihm liegt. Es fällt ihm leichter, den Mister Nice Guy zu spielen, taktvoll bis zum Verrat.

Das beginnt damit, daß er eine Wagenladung voller Zucker vor die Füße seines Freundes schüttet – Sympathiebekundung, Verständnis, Zuspruch –, bevor er in einer eleganten Verbeugung und mit ausgestrecktem Arm seinen in rosa Seide gewickelten Einwand überreicht, der, wie er ausdrücklich betont, nur eine kleine Variation eines Nebenthemas darstelle und der unter keinen Umständen dargeboten sei, um die überzeugende Idee seines Freundes in Frage zu stellen.

Damit können Freunde wenig anfangen.

Aufrichtigkeit ist jetzt, wie alles im Leben, eine Frage des Maßes, findet Gehrer.

Daß es ihm schwerfällt, merken inzwischen auch seine Freunde und belästigen ihn immer seltener mit persönlichen Anliegen, erbitten nur noch ausnahmsweise seine Meinung. Das nimmt er seinerseits als Zeichen wachsenden Respekts vor seiner durch den Erfolg übersättigten Agenda, was ihn wiederum in seinem Verhalten bestärkt, zu allen Gelegenheiten Komplimente sprudeln zu lassen. Ist er selbst einmal auf den Rat eines Freundes angewiesen, was angesichts seines mit 35 Jahren durchtrainierten Lebenswandels nur selten vorkommt, fallen die Antworten ebenso schmeichelhaft aus – Wagenladungen voller Zucker vor die Füße –, so daß es Gehrer immer schwerer fällt, irgendeine andere Meinung zu konsultieren als seine eigene, welcher er, je älter er wird, immer mehr zutraut.

Vormittag über dem See.

Gehrer, patschnaß trotz Regenmantel.

Es stimmt übrigens nicht, daß Gehrer vor Kälte zittert. Es ist nur ein Kitzeln, das im unteren Nakken anfängt und langsam über die Wirbelsäule ins Becken krabbelt. Zwischendurch auch ein kurzes, stoßartiges Schlottern. Danach ist ihm wohler – wie nach dem Niesen. Es gibt auch warme Stellen am Körper, die Achselhöhlen zum Beispiel. Auch der Magen muß noch warm sein, denkt er. Wirklich kalt sind nur die Füße, da sie seit langem durchtränkt in eine Pfütze hängen.

Soeben hat er wieder geschlottert.

Plötzlich wird es ganz still, so als hätte jemand irgendwo weit hinten die letzte Tür zum Konzertsaal geschlossen. Die Klangfetzen des sich einstimmenden Orchesters sind verzogen, ebenso das letzte Flüstern und Räuspern aus dem Publikum. Der Saal ist in ein dunkles, erwartungsvolles Licht getaucht. Die Ränder des Raumes sind aufgelöst, der Raum geradezu in sich selbst gekrümmt. Alles hält den Atem an, selbst Gehrer, der in regloser Pose mit unmerklich zugekniffenen Augen auf der Parkbank sitzt, wie vor dem alles entscheidenden Auftakt zu Beethovens Fünfter. Selbst das Schlottern hat er vergessen. Die Wasseroberfläche jetzt spiegelglatt, gespannt wie ein Trommelfell. Dann kommt es in harten Schüben, laut, ein mächtiger Auftakt, wie mit Pfeilen geschossen spritzt es ins

Wasser, flutet vom Himmel herunter. Diese Textur, dieses prasselnde Gewebe von Punkten und Ringen, die sich ineinander verschlingen und gegenseitig zerfressen und dem See den Glanz stehlen, ihn matt erscheinen lassen wie eine Wolldecke der Schweizer Armee mit einem Stich ins Rotbraune, also wie eine leichte Errötung angesichts der Massage, des stechenden Kitzelns der Seehaut unter der Gleichverteilung der einfallenden Tropfen. Zeitweise prasselt es so stark, daß sich die Grenze zwischen der elektrisierten, zuckenden Seeoberfläche und dem einschlagenden Regen auflöst und der See sich mit dem vom Himmel herabstürzenden Wasser vereinigt, ein See, der jetzt kein See mehr ist, sondern ein schüttelnder Wasserkörper mit Auswüchsen in alle Himmelsrichtungen, so daß es selbst für einheimische Fische schwierig sein muß, zu bestimmen, wo nun der See aufhört und der Regen beginnt. Es soll Fische gegeben haben, die in hirnverbrannter Unvernunft die von der Natur gesetzten Grenzen ihrer Existenz mißachtet und übermütig die Wassersäule hochgeschwommen sind und dann, als der Regen aufgehört hat, verdutzt oben in den Wolken hängengeblieben sind, während sich die ausgeregneten Schwaden, jetzt in der Form von hübschen, blumenkohlartigen Kumuli, über die Alpen hinweg verzogen haben. Man kann nur spekulieren, was sich die glücklichen Fische, als sie den Kopf erstmals durch die Wolkendecke streckten, gedacht haben, angesichts der prächtigen Aussicht auf ein bekanntermaßen schönes Land: das glitzernde Blau des Zürichsees, ihrer Heimat, der selbst wie ein gekrümmter und etwas ausgehungerter Fisch in der schlingpflanzengrünen Landschaft liegt, das Weiß der Alpenspitzen wie die blankgeputzten Unterseiten der heimischen Segelboote und vor allem Licht, viel Licht. Und so ist es zu erklären, daß selbst in den abgelegensten Bergseen Fische zu finden sind, die jenen des Zürichsees nicht unähnlich sind.

Daß jemand, ein Älpler, ein froher Wanderer, eine sömmernde Kuh, eines schönen Tages von einem aus dem Himmel fallenden, zehnpfündigen Zürichsee-Hecht erschlagen worden ist, davon hat Gehrer noch nie gehört.

Letzthin gelesen: Im Triebwerk einer in Zürich-Kloten zur Notlandung gezwungenen Passagiermaschine hat man statt der erwarteten Überreste eines Vogelschwarms Fischgräten gefunden.

P. S. Hingegen soll sich, bei umgekehrter Wetterlage – ein italienisches Tiefdruckgebiet, das sich über die Schweiz hinweg Richtung Deutschland verlagert –, der seltene Fall ereignet haben, daß ein Fisch kraft derselben Mechanik von einem Bergsee wieder zurück in den Zürichsee gefunden hat. Noch einmal streckte der Fisch seinen Kopf aus der schneeweißen Kumuluswolke und genoß es, wie ein Ballonfahrer lautlos über die herrliche Landschaft hinwegzuschweben. Es erstaunte ihn, daß noch alles gleich aussah, alles schien reglos dazuliegen, das Algengrün der Wälder, das bleiche, zerbrechliche Licht, der starre, fischähnliche, wie von Magenkrämpfen gekrümmt daliegende See mit seinen rostbraunen, krebsartigen Auswucherungen am Kopf. Gern wäre er noch wochenlang so weitergesegelt, doch sein lustiges Wölklein wuchs allmählich zum donnernden Cumulonimbus und entleerte sich, wie so oft, just über dem Städtchen Zürich. Der Fisch hatte Glück und plumpste nicht in die röchelnde Stadt hinein, sondern in den See, unweit von der Stelle, wo Gehrer in seinem durchtränkten Mantel sitzt und denkt.

Der 35jährige kommt vorwärts in seiner Ordnung: eine Beförderung hier, eine Auszeichnung dort. Manchmal wird er auch zitiert – nicht nur in

Käseblättern! Konferenzen, Vorträge, Podiumsdiskussionen verschaffen ihm einen Namen. Mit schlafwandlerischer Sicherheit tanzt er auf diesem wohlbegrenzten Parkett und verzeichnet Erfolg um Erfolg. Manchmal glaubt er es verdient zu haben.

Bei Anbruch des Tages könnte er eigentlich zu Hause bleiben, denkt er, wenn er nicht dasein müßte, persönlich anwesend, in Meetings, im Flugzeug, beim Beurteilen von Marktforschungsberichten aus aller Welt. Gehrer funktioniert wie ein Apparat. Diese Unergiebigkeit des Alltäglichen! Den Tag hindurch denkt es dann einfach mit ihm – ein schwaches Denken, ein unfruchtbares Denken, ein bewußtloses Denken. Der Tag erledigt es für ihn.

Als Angestellter oder Manager können sie ihn jetzt schicken, wohin sie wollen – er macht es tadellos. Ein verläßlicher Wert. Der Business Lunch mit dem zweiten Staatssekretär von Bulgarien gelingt – die offizielle Gegeneinladung zur Bärenjagd folgt wenige Wochen später –, ebenso seine Präsentation vor dem erlauchten Banker's Club in Zürich, Thema: Wirtschaftspolitische Maßnahmen zur Förderung des Entrepreneurship in der Schweizer Softwareindustrie. Er kann machen, was er will: Grobe

Unfälle und Pannen bleiben aus. Das Leben – eine Sonntagsfahrt! Gehrer kann darüber sprechen, während er ganz anderes denkt. Patzer überspielt er virtuos. Seit einer Ewigkeit hat er keine neuen Fragen zum Produkt mehr gehört. Es sind immer die gleichen, sie werden nur mehr oder weniger intelligent gestellt. Er sieht's jetzt schon den Gesichtern seiner Zuhörer an, welche Fragen sie stellen werden.

Mit 35 kann er vieles gleichzeitig denken und dabei gelassen weiterfunktionieren. Der Gedankenhagel erschlägt ihn nicht mehr. Auch wenn ihm tausend Sachen gleichzeitig in den Sinn kommen: Er kann sie alle herumtragen, ohne zu verzweifeln. Sie bilden einen Strang, einen dicken, der sein Hirn durchkreuzt, ein Koaxialkabel von einem Denkstrang, der es den einzelnen Gedanken verbietet, sich aufzudröseln, sich zu verlieren oder zu Staub zu zerfallen. Er schafft es, mit all diesen Gedanken im Kopf weiterzuleben, weil sie nicht mehr den Anspruch erheben, tätig zu werden. Sie setzen jetzt keine Muskeln mehr in Bewegung, lösen keine Revolutionen aus, bauen keine Krankenhäuser, vermindern nicht den Abgasausstoß dieses Landes und bringen auch dem verkrüppelten Baby, das aus der Zeitschrift himmelschreit, keine Hoffnung. Er kann sie jetzt auf die leichte Schulter nehmen, seine Gedanken, darum lächelt er bloß, wenn es wieder zuckt in seinem Hirn.

Gehrer funktioniert wie eine feingeölte Mechanik. Nur: eine Verarmung der Bewegungen. Eine Reduktion der Variationen. Warum soll er auf einem Bein hüpfen oder aufspringend eine Pirouette versuchen, einfach so, aus reiner Lust, einfach so, weil der Tag noch jung ist, die Sonne lacht, er auf der Welt ist? Was, wenn mit 35 die Lust auf eine Pirouette einfach nicht mehr kommen will?

Einmal, an einem klaren Wintertag, ist Gehrer mit dem Auto auf einer Landstraße unterwegs. Die Sonne steht tief im weißblauen Himmel, läßt ihre Wärme auf Gehrers Händen tänzeln, die entspannt auf dem Lenkrad liegen. Kein Schnee, noch nicht oder nicht mehr, nur brachliegende Felder und ausgeputzte Wälder zu beiden Seiten der Straße. Ein herrlicher Tag, denkt Gehrer, herrlich genug, um das Fenster seines Wagens einen Spaltbreit zu öffnen und den frischen Fahrtwind säuseln zu lassen.

Plötzlich vernimmt Gehrer ein auf-, dann absteigendes Brummen, zeitweise ganz leise, dann wieder lauter, manchmal ist es ganz weg, dann kommt es wieder, und Gehrer denkt, jetzt sein Gesicht massierend, an den überfälligen Termin der Wageninspektion. Doch der Motor kann es nicht sein, denn das Brummen, jetzt ist es ganz deutlich, ist ein fernes Brummen, eigentlich kein Brummen, sondern ein Trommeln, ein Knattern. Gehrer hält am Straßenrand an, entsteigt der wärmenden Blase seines Wagens, Dampfwolken vor seinem Mund trotz Sonne, und da oben ist er: ein gelber, trommelnder Fleck im glasklaren Himmel, der ungestört mit Loopings und Pirouetten züngelt, ein leuchtendgelber Doppeldecker, der seine Kunststücke in den hellen Himmel zaubert. Gehrer steht da, staunt, die Handfläche vor der Sonne, steht und schaut dem Himmelstanz einige Augenblicke zu. Was er sieht: Einen Doppeldecker im wolkenlosen Himmel. Mehr nicht. Ein Flugzeug, wie es sie seit bald hundert Jahren gibt, also nichts Besonderes, ein Kleinflugzeug mit zwei Tragflächen, das man deswegen etwas salopp Doppeldekker nennt. Es kommt ihm jetzt nicht mehr in den Sinn zu wünschen, daß er es wäre, der den leuchtenden Vogel selbst durch die Lüfte steuert. Es reicht zu keiner Sehnsucht mehr. Ein Doppeldekker oder irgendein Bild oder irgendeine Geschichte bleibt mit 35 das, was es ist, nämlich ein Doppeldecker, ein Bild, eine Geschichte. Das ist alles. Das Leben muß ja nicht stetig Sehnsüchte produzieren! Es genügt, daß man zur Kenntnis nimmt. Jede weitere Auseinandersetzung mit einem Sachverhalt ist überflüssig.

Wenn das nächste Mal ein Doppeldecker vor seinen Augen züngelt oder ein Bergpanorama sich in sein Hirn eindrückt, fragt er sich, weshalb er überhaupt noch hinschaut. Aus diesem Rohstoff ist nichts zu holen, außer die dumpfe Erinnerung, daß da einmal, vor Jahren und Jahrzehnten, Sehnsüchte waren, die er heute, mit 35, der Bequemlichkeit des Denkens verpflichtet, abzubauen gelernt hat.

Jetzt, mit 35 – zu Hause auf den Flughäfen dieser Welt. Da soll ihm keiner etwas vormachen. Die Flugpläne hat er im Kopf, er weiß, wie viele Meilen bei welcher Fluggesellschaft auf welchen Strecken ein Upgrade in die First Class bewirken. Er kennt die Neigungswinkel der Sitze jeden Flugzeugtyps und weiß, daß es zeitlich vorteilhaft ist, über Chicago nach Houston zu buchen. Über den Stoßverkehr in den Lüften braucht man ihm nichts beizubringen, schon gar nichts über das Durcheinander auf den europäischen Flughäfen. Mit 35 weiß er, zu welchen Tageszeiten Heathrow von vornherein nicht in Frage kommt. Er kennt die Airport Lounges auf dieser Welt und die Notausgänge jeden Flugzeugtyps. Er braucht seine Boarding Card beim Einsteigen kein zweites Mal zu zücken, er findet seinen Sitzplatz selbst – er weiß, daß die Sitzreihen egal welcher Fluggesellschaft in Flugrichtung immer von links alphabetisch durchnumeriert sind. Einige Flight Attendants kennen ihn sogar mit Namen. Die Sicherheitshinweise – Anschnallgurt, Notausgänge, Sauerstoff – überhört er wie Hintergrundmusik oder Straßenlärm. Daß es genügt, zehn Minuten vor Abflug am Gate in Zürich einzuchecken, weiß er – und daß es innerhalb von fünfzehn Minuten auch in Atlanta klappt, hat er mehrmals selbst bewiesen.

Bei Verspätungen übergibt man sich der gähnenden Zeit. Alles, wie es sein muß. Die Wartehalle vor dem Gate. Ein älteres Paar mit Einkaufstaschen (Duty free) vor den Füßen, auf den Knien, wie von Sandsäcken umstellt, als erwarteten sie einen Angriff; ein dicker Amerikaner, Schnäuzchen, nicht fett, sondern massig, kräftig, Sonnenbrille mit kleinen dunklen Gläsern, Polo-Shirt, Haare in den Wechseljahren, etwas grau, etwas schwarz, gepflegt; ein Mädchen in Pluderhosen, Überangebot an Ohrringen, auch ein Ableger im Nasenflügel, dazu ein Rucksack, handgewebt, von einer früheren Reise durch einen anderen Kontinent. Nichts Unerwartetes. Alles so, wie es Gehrer, dürfte er in diesem Moment Gott spielen, auch hingemalt hätte. Es geht gar nicht anders. Die Welt als Wiedererinnerung oder Vorsehung. (Die Langeweile der Propheten, wenn ihre Prognose eintrifft – vielleicht sterben sie deshalb, bevor es wahr wird.) Kaltes Neonlicht, Flughafenarchitektur, die immer etwas darstellen will, Glaswände mit überdimensionierten Betonflächen, Abflughallen, die stets zu hoch ausfallen, dafür zu wenig Fläche liefern. Stewardessen stöckeln vorbei, plaudern, schmunzeln, tuscheln, während sie stöckeln und ihre Trolleys durch die Welt ziehen, und genau wissen, wo's langgeht, während unsereiner nur dumm herumsteht oder -sitzt, wartet, den Kopf nach jeder Lautsprecherdurchsage dreht und nicht weiß, was los ist, auch wenn sich auf einmal eine Menschentraube vor dem Schalter zusammenrottet, einfach so, aber wie erwartet, weil es nicht mehr ging, daß alle nur sitzen, warten und sich wundern. Alles Wartende mit einer Destination.

Immer wieder das Gefühl, als müßte es genau so sein.

So wartet Gehrer in diesen Hallen, verbringt die Hälfte seines Lebens auf diesen Stühlen, deren Konstruktion absichtlich das Schlafen verbietet, und wartet; aber es ändert sich überhaupt nichts – nur daß man älter wird und die Welt zunehmend so sieht, wie sie ist.

Unbehaglichkeit am Ende einer Geschäftsreise. Es ist schon vorgekommen, daß er nach einem Rückflug am liebsten im Flugzeug sitzen geblieben und – nach der Reinigungsequipe und dem Auftanken – gleich wieder davongeflogen wäre. Er fühlt sich freier auf Reisen. Es kommt ihm vor, als tanze er durch die Welt von New York, Buenos Aires, Singapur oder Tokio. In Zürich gelandet, ist ihm, als sei die Schwerkraft hier doppelt so stark, die Wolken doppelt so dick, die Menschen doppelt so ernst.

Er stellt sich vor: Sinkflug durch dichten Nebel – so dicht und dunkel, daß man die Flügelspitzen nicht mehr sehen kann. Nur das Blitzen der Positionslampen durch den Nebel. Tragflächen, die sanft wippen. Gedimmtes Licht in der Kabine. Bedrohlich die orange Seat-belt-Lampe. Kinostille. Ab und zu das einfältige Mona-Lisa-Lächeln der Stewardess. Sitzen wie in einer Kirche. Es schaukelt angenehm. Nur ist die Erde verschwunden – heimlich ist sie aus dem Orbit entfernt worden. Ein Sinkflug, der endlos weitergeht. Man sinkt, das merkt man ganz deutlich – und der Nebel draußen wird immer dichter. Nur kommt die Erde nicht. Auch nicht nach Stunden.

Manchmal staunt er den startenden Jets nach, wie sie den Boden verlassen, geradeaus in den blauen Himmel stechen und sich auflösen wie in einer Säure. Dann jeweils wünscht er, er wäre Pilot – wo sich die kleinste Handbewegung an der Steuersäule unmittelbar und in genau bekannter Weise auf den ganzen Vogel überträgt. Und dreihundert Menschen folgen elegant und synchron dieser einen Handbewegung.

Das Nieseln hat nachgelassen. Man könnte meinen, es gäbe Schatten unter den Kastanien. Noch tropft es aus dem schwarzen Geäst. Eine Mittagssonne will durchschimmern – wie hinter Milchglas. Ringsherum Wolken, die Form annehmen. In der Ferne eine winzige Fähre auf hellgrauem Wasser. Zumindest kommen jetzt Farben auf: das Zartgelb der Fassaden, das Mattgrün der Weiden, das Alabasterweiß des Himmels. Ein Mittag mit viel hellem Himmel über knochigen Ästen. Das

Seeufer wird greifbar, und im Hintergrund schieben sich verschneite Bergspitzen ins Bild.

Dieser See, den sie in der Rekrutenschule überquert haben: Ein Wintertag wie heute, Frost auf den Dächern der Stadt, zweihundert Rekruten schwimmen, spritzen, kraulen durch das Wasser. Beiderseits Begleitboote der Seepolizei. Der eine oder andere muß herausgefischt werden, weil die Muskeln bei dieser Kälte nicht mehr wollen. Gehrers Muskeln wollen. Rekrut Gehrer im vorderen Mittelfeld. So vertraut ist ihm Wasser nie mehr vorgekommen. Nach einer Stunde ist das gegenüberliegende Ufer erreicht. Viel Wasser geschluckt. Heimat.

Ein Waggon mit Abteilen. Glasscheiben fehlen – nur Fensteröffnungen, Fensterlöcher. Ein Übermaß an Stahl und Masse, als wäre dieser Zug für den Transport von Schlachtvieh oder Schotter im Einsatz. Woran man erkennt, daß es doch ein Wagen für Menschen ist: der harte, hellblaue, abgewetzte Kunststoff, der die Stahlpritschen überzieht – Plastik, hart wie Eisen, aber immerhin ein Zeichen, daß hier die Sitzplätze sind. Numerierte sogar. Züge in Indien: keine Kolonialromantik, kein Orientexpreß, sondern Produkte aus sozialistisch-industrieller Massenfertigung. Ein Zug fährt auch ohne Polsterung. Ein Waggon im Rohbau, als hätte man ihn schnurstracks dem Produktionsprozeß entrissen und auf Schienen gestellt. Überall hervorquellende, dicke Schweißnähte wie erstarrte Bandwürmer. Unverschliffen. Selbst der Griff für die Notbremse ist nicht rot, sondern einfach ein Stück Stahl. Unfertig. Niemanden scheint's zu stören. Der Waggon: ein Gußteil; bestenfalls ein Rohling, durchaus sauber, nur unbequem. Indische Züge brauchen keine ausziehbaren Tischchen wie Züge in der Schweiz; und weil es keine Scheiben gibt, sondern nur Fensteröffnungen, wäre selbst eine Klimaanlage nutzlos.

Zaghaft, wie Tiere, denen man Futter hinstreckt, scheinbar aus allen Löchern kriechend, dann fast überbordend, einer nach dem anderen, kommen sie ihm näher, setzen sich zu ihm – in sein Abteil. Männer, junge und alte, hinter dunklen Bärten. Augen – unendliche Höhlen. Lederhaut mit tiefen, unregelmäßigen Furchen. Stirnen wie übergroße Fingerabdrücke. Auch ein paar Frauen. Fragende Blicke. Nicht bedrohlich, nur penetrant, wie ihre Ausdünstung, der man in ganz Indien nicht entkommt. Kein Wort. Auch nicht, als der Zug in Bewegung kommt.

Zähne in allen Variationen von Braun – ganze, abgeschlagene, dazwischen auch keine, Zahnlücken, manchmal reihenweise keine. Besonders wenn sie auflachen. Ihre bubenhaften Stimmen. Laute aus einer anderen Welt. Ein dürrer, schwarzbehaarter Arm mit gespaltenen, zerbrochenen, grau unterlaufenen Fingernägeln wird Gehrer entgegengestreckt. Gehrer erwidert seinerseits. Gehrer versteht – Begrüßung –, obwohl er nichts versteht. Plötzlich sprechen alle. Plötzlich sprechen hundert Hände.

Auch nach Stunden: Es gibt nichts zu diskutieren. Man versteht sich, und man versteht sich nicht. Auch wenn sie verknitterte Bilder ihrer Götterfiguren – Vishnu, Shiva, Krishna, Ganesh – vor seinen Augen hin und her schwenken; auch wenn Gehrer seine Reisekarte auspackt und zu erklären versucht. Sie verstehen und verstehen nicht.

Zu heiß, zu stickig, zuviel Licht, zuviel Landschaft, zu viele Gesichter.

Das gleichmäßige Schlagen der Schienen.

Der offene Waggon, die Steppe, das goldene Licht. Flatternde Vorhänge im Fahrtwind.

Ab und zu bleibt der Zug stehen. Grundlos. Ringsum weite, glühende Steppe. Verdorrte Bäume. Sträucher wie dunkle Flammen. Selbst die ausgehungerten Kälber reglos – wie von der Hitze getroffen. Nur die weißen Gewänder und leuchtenden Saris leben. Das sieht dann aus wie Puppentheater: sparsame Bewegung auf totem Hintergrund. Steppenstille. Zitternde Luft. Nicht einmal Vögel. Plötzlich geht die Reise weiter.

Dann wieder das unendliche Schlagen der Schienenabschnitte.

Noch mehr Steppe. Noch mehr Stille. Der mit spitzem Bleistift nachgezogene Horizont. Eine scharfgestochene Silhouette, die keine Auflösung des Blicks in irgendeine Unendlichkeit erlaubt. Hügelzüge wie hingeworfene Asche. Eine späte Sonne rutscht auf den Horizont nieder und wird von ihm verschluckt. Ein violettes Glühen jetzt aus allen Richtungen. Man könnte meinen, die nächtliche Steppe leuchte jetzt selbst, phosphoreszierend, mit der Energie eines erloschenen Tages.

Zeitweise hält der Zug an. Irgendeine Station in der Nacht. Dann rufende Stimmen von Menschen. Kaum sichtbare, hochgestreckte, aufdringliche Arme und Hände vor dem offenen Fenster, die Taschenlampen, Colabüchsen, Zeitungen und Feuerzeuge anpreisen. Die zu den Händen gehörenden Köpfe erreichen kaum Fensterhöhe. Man muß jetzt nicht, wenn man nicht will. Man muß nicht einmal abwehren. Man kommt sich vor wie ein König, hoch zu Roß, in diesem mitternächtlichen stählernen Wagen. Als der Zug anrollt, verlieren sich die bettelnden Hände, dann umschlingt sie wieder die funkelnde Nacht.

Ein zuckendes Neonlicht im Abteil, das mehr will, die ganze Zeit leuchten will – dann bleibt es tatsächlich eine Weile an, bis es wieder aussetzt, dann wieder nervös zuckt. Lesen unmöglich. Es scheint niemanden zu stören. Es irritiert höchstens die Insekten und Käfer, die es durchs offene Fenster angelockt hat.

Und immer das monotone Schlagen der Schienen.

Er braucht jetzt gar nichts zu denken, sondern nur auf die Stille zu horchen, die von außen eindringt und von den dumpfen, regelmäßigen Schlägen begleitet wird. Nächtliche Meditationsmusik.

Manchmal huscht draußen ein einsames Licht vorüber; dann und wann auch die fernen Scheinwerfer eines Autos oder eines Überlandlastwagens. Ansonsten gehört diese Nacht den Sternen.

Bei Tagesanbruch plötzlich Lärm. Unruhe. Geschrei. Menschen mit Koffern, dicken Säcken und Kisten drängen sich in beiden Richtungen durch den engen Zugkorridor. Vor der Fensteröffnung draußen auf dem Bahnsteig: buntes Gedränge wie auf einem Marktplatz. Menschen stolpern übereinander, Menschengruppen durchdringen einander. Ein Koffer fällt auf den Boden und springt auf, tausend Sachen kullern in alle Richtungen davon, verschwinden in einem Meer von Füßen. Einiges verliert sich auch unter Zügen. Menschenmasse wie eine dicke Suppe.

Ein junger Inder drängt sich durch diese Menschensuppe mit zwei lebenden Hühnern, die er lässig mit einer Hand an den vier zusammengebundenen Hühnerfüßen hält. Zwischendurch flattern die Viecher und werden durch einen Hund aufgescheucht, der sie beschnuppert, bis sie zurückpicken mit ihren umgekehrten Schnäbeln. Jetzt bellt der Hund und knurrt, aber der junge Inder verscheucht ihn einfach mit seinem weißgrauen, flatternden Hühnerbüschel. Straßenhändler schieben ihre fahrbaren Küchen durch die brodelnde Menschenmasse. Es brutzelt und raucht. Unförmige Teigklumpen plumpsen in dunkles, siedendes Öl, werden herausgefischt und gegen abgegriffene Münzen eingetauscht. Ein anderer bietet tote, enthäutete Katzen an, die an rostigen Fleischerhaken hängen. Es riecht nach einer Mischung aus Schweiß, Gewürz, Urin und Schmieröl. Irgendwo pfeift eine Lokomotive. Zwei Katzen jagen einer Ratte nach, die unter einem Gleis verschwindet. Aus irgendeinem Lautsprecher dröhnt indische Popmusik – das immer gleiche, markdurchdringende, epileptische Muster. Ein heiliger Saddhu bleibt mittendrin stehen. Sein buckliger lehmiger nackter Körper. Seine mit weißem Lehm verklebten Haare. Keiner beachtet ihn; die Menschenmasse weicht ihm bloß aus – so wie fließendes Wasser einem Ölfleck ausweicht – auf Armeslänge. Ein in ein weißes Tuch gewickelter steifer, toter Körper wird aus einem Zugfenster gehievt, wie ein Holzbalken. Für die toten Beine hat das Tuch nicht gereicht. Drei ältere Männer nehmen die Leiche auf der anderen Seite des Fensters, auf dem Bahnsteig, in Empfang. Einer hält sie am Kopf, der andere da, wo man das Gesäß vermutet, der dritte hält mit einer Hand ein totes

Bein, weil er die andere Hand zur Bedienung seiner Krücke braucht. Das andere tote Bein, steif und gerade, wippt, als sie ihn davontragen. Ein nacktes Baby voller Staub und Dreck krabbelt unter die noch heiße, ölige Lokomotive auf dem Nebengleis.

Gehrer hat verstanden: Endstation.

Er weiß nicht, was er hier soll. Er weiß nicht einmal, in welcher Welt er sich befindet.

Er weiß nur: Irgendwo in Indien.

Gehrer packt seinen Rucksack, hastet durch die Menschenflut – während verkrüppelte Bettler und dunkle Kinder mit zerrissenen Hemden und Fliegen in den Haaren an seinen Hosen zupfen – und springt auf den nächsten Zug auf, der sich jetzt in Bewegung setzt.

Derselbe Komfort – ein Stahlgußteil auf Rädern, der hellblaue Hartkunststoffsitz, das offene Fenster, die unfertige Notbremse –, aber die Landschaft wird allmählich grüner, menschenfreundlicher, sanft, geradezu paradiesisch. Anbau von Reis in hunderttausend winzigen Tümpeln. Lehmhütten. Tupfer von Frauengestalten auf den Feldern. Nach einer Weile reizt es ihn, diese Landschaft anzufassen, sie zu be-greifen, sie einzuatmen. Er beschließt, beim nächsten Halt auszusteigen. Wie der Zug endlich zum Stillstand kommt: ein rotes Backstein-Bahnhofsgebäude, ein halbes Dutzend Rickshaws mit knatternden Motoren, eine Staubstraße, ein paar Blechhütten, ein müder Hund, sonst nichts. Keine Seele auf dem Bahnsteig.

Als er auf dem Bahnsteig steht und dem Zug nachstaunt, wie er langsam davonrollt und immer kleiner wird: eine tiefe Sonne über den Gleisen. Blinkende Schienenstränge, die beidseits ins Unendliche führen. Der Zug, wie er zum dunklen Fleck schrumpft, dann zum Punkt wird und sich auflöst.

Es ist nicht weit bis zur Küste; einige Kilometer. Heiße Abendluft streicht über die Dünen. Ein erschöpftes Meer weit unten. Gehrer sitzt da und denkt, während der Mond einen silbernen Strahl über das weite Meer schickt.

Entschlossen, seiner Welt die Kündigung auszusprechen!

Entschlossen, sich selbst und der Firma zu beweisen, daß es auch anders geht.

Die grüne Leuchtdiode bestätigt: Gehrers Mobiltelefon auf Empfang. Es läutet tatsächlich auf der anderen Seite der Erde. Gehrer stoppt die Verbindung. Denkt nach. Sammelt Worte in seinem Kopf. Dann wählt er wieder. Jetzt zu allem bereit. Es läutet viermal, dann mit einem Knacksen die Voicemail Box des CEO, die Stimme kurz, aber freundlich. Bitte sprechen Sie nach dem Piepston. Gehrer horcht, denkt nach, stammelt, stammelt irgend etwas vor sich hin, Laute, keine Worte, etwas, was er selbst nicht versteht, Laute, eingerollt in eine schmal gewordene Welt voll eigenwilliger Bedeutung, wartet wieder, denkt nach, hält das Gerät jetzt in der offenen Hand und läßt es das Säuseln des Abendwindes aufsaugen, das Tosen der Brandung, das Flattern seines Hemdes, alles soll aufgezeichnet werden, ganz Indien soll auf die Voicemail Box! Er sammelt immer mehr Gedanken, sammelt immer mehr Begründungen, während es von der Brandung her donnert. Die Strandbar hinter ihm hat längst geschlossen. Die Tische sind abgeräumt, die Stühle zusammengekettet. Ein einsamer Scheinwerfer beleuchtet die anrollenden Wellenkämme. Sein langer Schatten im Sand. Ein

Stück Zeitung wird vom Wind über den Strand geblasen, bleibt eine Weile liegen, flattert und kullert weiter, bis es aus dem Lichtkegel verschwindet. Dann geht auch der Leuchtdiode seines Telefons allmählich die Energie aus.

Gedanken bis zum Sonnenaufgang, dann legt er sich hin. Er wird's später nochmals versuchen, wenn es ihm klarer ist, wenn auch der Akku wieder will. Außerdem ist in Zürich jetzt Nacht, und was soll ein Nachtwächter mit seiner Kündigung? Nur kann Gehrer jetzt nicht schlafen. Hände im Sand. Sand zwischen den Zehen, in den Kerben der Ohrmuscheln. Er will jetzt einfach daliegen auf dem Sand und nichts denken, sich in Gegenwart auflösen – Gegenwart, die keine Richtung kennt. In den süßgelben, indischen Himmel starren – dankbar für den Tag, der gerade erst begonnen hat.

Die Mittagshitze drückt ihn dann in den Schlaf. Als er gegen Abend erwacht: Heißer Wind, tänzelnde Sandkörner, ein weites, blitzendes Meer.

Fahle Gegenwart an diesem Nachmittag. Ein kalter See, eingeklemmt zwischen grüngrauen Hügelzügen und weißgrauer Nebeldecke. Gegenwart, die sich auch dann nicht auflöst, wenn Gehrer jetzt eine Handvoll Kieselsteine in den See hinausschleudert – eine unkoordinierte Bewegung ohne Eleganz, wie ein Kind, das mit dicken Ärmchen zum ersten Mal Steine wirft. Das Wirrwarr der tanzenden Ringe. Eine Gegenwart, an der man nicht rütteln kann. Gehrer ist froh, wenn er nicht weiß, was er denkt.

Wie er seine Sohlen auf den glitschigen Kieselsteinen langsam im Kreis dreht, bis alle Steine am Außenrand liegen. Elefantenstapfen, die sich langsam mit lehmig-braunem Regenwasser auffüllen. Symmetrische, kreisrunde Pfützchen. Gegenwart, die da liegenbleibt, auch wenn Gehrer jetzt mit den Sohlenspitzen einen Kanal schaufelt, der die beiden Pfützen verbindet. Ein Kanal, der nichts bewirkt – es gibt kein Gefälle zwischen den Pfützen. Nur sind es jetzt keine Fußstapfen mehr, sondern eine Hantel, wie man sie aus altertümlichen Fotografien kennt, als Hantelgewichte noch kugelrund waren und an austrainierte Muskeln erinnern wollten.

Gehrers Problem: Daß seine Schuhe nun mitten in die Pfützen hineinhängen. Er muß rutschen, was nur zur einen Seite hin möglich ist, weil auf der anderen die Bank zu Ende kommt. Er ist froh, daß er nicht entscheiden muß. Also richtet er sich zwei Schritte weiter neu ein. Nach einer Weile ist auch das getan, und die Gegenwart ist wieder da.

Es gibt auch kostbare Gegenwart, denkt er, Gegenwart, so rein, daß man sie ablöst und jahrelang mit Sorgfalt verwahrt. Etwa auf einem einsamen Gipfel: Morgensonne über dem Alpenkranz, entflammte Gletscherkörper. Wenn er hinaufschaut: leuchtendes Schwarz ohne Sterne. Eine gleißende Klarheit, als habe man die Atmosphäre bereits durchstoßen, als könne man die Rundung der Erde erahnen. Gehrer knietief im Schnee. Eisige Kälte im Gesicht. Gehrer ist selig. Am liebsten würde er jetzt in diese Stille vor Glück schreien, so laut er könnte. Statt dessen wirft er Schneebälle. Die aber kommen nicht weit, bevor sie zerstäuben im Wind und als trockener Schnee zerblasen werden.

Auch da ist Gehrer froh, wenn er nicht weiß, was er gerade denkt – nur ist ihm die Gegenwart dort nicht Feind.

Er kennt die Namen der umliegenden Gipfel nur ungenau. Man könnte sie nachschlagen auf der Karte, doch änderte dies nichts an ihrer Eleganz.

Man könnte ihre Namen erraten oder ihnen neue, ganz eigene Namen geben, aber nicht einmal das kommt Gehrer in den Sinn angesichts dieser Pracht. Er kann jetzt nur staunen – er vergißt sogar seinen Hunger, der ihn beim Aufstieg so gequält hat.

Ein solcher Hunger wird ihm jetzt wieder bewußt. Den Rucksack aufzuschnüren macht keinen Sinn. Gehrer weiß, daß er das letzte Stück Schokolade gestern in Madras an bettelnde Kinderhände verteilt hat. Es wäre ein leichtes, eine Wirtsstube aufzusuchen und sich von einem Kellner eine dicke Mehlsuppe servieren zu lassen. Aber Gehrer mag jetzt nicht unter Leuten sein, schon gar nicht unter solchen mit Krawatte. Gehrer bleibt stur. Noch stemmt er sich gegen die Präsenz der Gegenwart. Er wartet auf Wunder. Daß ihn jemand erkennen könnte auf dieser Holzbank am Seeufer, ein Kollege vom Büro, ein Kunde, sein Zahnarzt, der Nachbar, ist ihm einerlei. Schließlich wird man nicht alle Tage ein Jahr älter – oder ein halbes Leben.

Es träumt mit Gehrer: Er sieht sich im Frack aufmarschieren zu der kleinen Kapelle. Die Frühjahrssonne hat soeben die letzten Schneezungen weggeleckt; schwarze Schollen beiderseits des Landwegs. Es gurgelt überall. Sanftes Gezwitscher in den Bäumen, weiße Alpen, Firne, Gipfel im Hintergrund. Auch ein Zipfel See. Kristalluft. Die Hochzeitsgesellschaft ist nicht übermäßig groß – jedoch größer, als es ihm lieb ist. Langsam verziehen sich die Leute in die Kapelle. Gehrer, noch ein Mal genüßlich die kalte Voralpenluft einziehend, der letzte, der den Raum betritt. Drin ist es dunkel, so dunkel, daß sich Gehrer an der letzten Bankreihe festhalten muß, bis sich seine Augen an die Finsternis gewöhnt haben. Hinter ihm fällt eine schwere Tür ins Schloß, dann das markdurchdringende Quietschen eines sich drehenden Schlüssels. Dann Stille. Nur ein schwacher Lichtstrahl fällt von weit oben auf den Altar. Hinter dem Altar, im Halbdunkel, Jeannette ganz in Weiß, wie sie die Hand des jungen Pastors hält und lächelt. Sie steht da wie eine luftige Braut, wie Watte oder Nebel. Ein Hauch. Kaum auszumachen in dieser kalten Finsternis. Gehrer ruft nach Jeannette. Er schreit, er brüllt, aber seine Schreie bleiben in der Dunkelheit stecken. Jeannette lächelt und lächelt – weiter entfernt als der Mond. Gehrer hangelt sich die Kirchbänke entlang vorwärts. Was tun, wenn man sich wie ein Blinder vorkommt? Je mehr er sich Jeannette nähert, desto mehr muß er sich anstrengen, als verwehre ihm der von oben einfallende Lichtkegel den Zutritt. Auf einmal bricht Orgelmusik los. Orgelmusik in allen Farben, auf allen Pfeifen, rauschend. Ein Orkan der Töne, so laut, daß die Wände zu zittern beginnen. Alles wackelt. Goldene Barockengelchen beginnen von den Säulen zu rutschen und zu fallen, eine Scheibe zerspringt, dann eine zweite, eine dritte, dann fällt auch die Heilige Muttergottes vom Sockel, stürzt Kopf voran auf den Steinboden, zerspringt in tausend Stücke. Gehrer greift sich an die Ohren, greift sich verzweifelt an die Stirn, als müsse er seinen Schädel zusammenhalten. Nach und nach beginnen Töne auszufallen, Zahnlücken in den Tonleitern, das Klappern der Manuale, dann sporadische Töne, Tongestotter, dann Töne wie Husten, dann nur noch Luft, das Zischen der Luft. Dann wird es ganz still. Gehrer zittert. Da steht Jeannette mit dem jungen Pastor; sie stehen da wie König und Königin. Herrisch. Unerreichbar. Feierlich zerbrechen sie eine Geburtstagstorte wie eine übergroße Hostie. Stille. Das Verdikt wird verkündet: Zehnfach lebenslänglich wegen vorsätzlichen und unangemeldeten Fernbleibens vom Arbeitsplatz, wegen Nichtbeachtung der Gebote ordentlicher Lebensführung, Ausbruch aus Harvard, Vernachlässigung von Heim, Herd und Familie, wegen Landstreichertums, Tagträumerei und Müßiggangs, wegen Mangels an Karriere-Eifer und Lebensernst. Er schlottert. Zwei Beamte der Kantonspolizei führen ihn ab.

Sein Schädel ist nicht explodiert. Es gibt nichts zusammenzuhalten. Langsam lösen sich Gehrers Hände von seinem Gesicht. Er nimmt sie und legt sie wie eine Serviette auf die Knie. Die Sonne hat sich wieder hinter einen grauen Schleier verzogen. Der See, die Kastanienbäume über ihm, die Möwen, der Rucksack auf schwarzen Kieselsteinen – alles ist noch da. Die Stadt, die Straßen, der Verkehr, der Lärm, die Geschäfte der Bahnhofstraße, überhaupt die vielen tausend Geschäfte dieser Stadt, die Industrie, die Wirtschaft, das Leben – alles wartet auf ihn. Auch die Kronenhalle mitsamt Jeannette. Ein Überfluß an Realität! Überhaupt – das Leben. Geduldig, aber mit einer unsichtbaren Strenge wartet es auf ihn. Es hat mehr Zeit als Gehrer, das weiß er. Es kann warten, bis Gehrer nicht mehr kann. Deshalb braucht es keine Hinterhältigkeit und kein Drängen. Es muß nur dasein. Es kann Gehrer gewähren lassen mit der Gewißheit, daß Gehrer irgendwann die Luft ausgeht. Es läßt Gehrer ausreißen für die Dauer eines Traums, eines Wochenendes, eines Monats, eines

Jahres, und es wird Gehrer wieder vereinnahmen am Ende des Traums, des Wochenendes, des Jahres. Es geht auch ohne Gehrer, es braucht den Gehrer nicht. Nur merkt Gehrer, wenn er zurückkehrt, daß es für ihn da ist. Es war da, Gehrers Leben, und hat gewartet – und jetzt ist Gehrer zurück. Es läßt keinen Pakt mit sich schließen; es ist da mit der Begründung, für Gehrer zu sorgen.

Jetzt regnet es wieder in Strömen.

Manchmal glaubt er, die Sonne hocke im See.

Wie er sich den Seegrund vorstellt: Dünenlandschaft aus Zuckersand. Schlingpflanzen, baumhoch, die im Wellengang mitschwingen. Wie ein Sphärentanz. An stürmischen Tagen ziehen sie sich zusammen. Vereinzelte Riesententakel, die bis an die Wasseroberfläche reichen. Fleischfressende Wasserpflanzen. An grauen Tagen kann es vorkommen, daß ein einsames Fischerboot spurlos verschwindet. Wochen, manchmal Monate später werden Bootsplanken, Fischkübel, Benzinschläuche, Netzschwimmer, Schuhleder, Jackenfetzen, auch Knochenteile des Verunglückten im Stadtwehr gefunden. Abdrücke von gewaltigen Saugnäpfen an den Objekten...

Er hätte sich vielleicht am Morgen, bald nach seiner Landung in Zürich und nach einer heißen Dusche zu Hause, gleich seiner Arbeit übergeben sollen, denkt er jetzt. Aber das ist nun nicht mehr zu ändern.

Es stimmt nicht, daß der Freundeskreis allmählich zusammenschmilzt. Es ergeben sich auch neue Freundschaften, wenn man 35 ist, nur sind sie von anderer Qualität: Endlich Freunde von Nutzen.

Es müssen ja nicht immer Erinnerungen an den Sandkasten sein, die verbinden.

Daß man mit den neuen Freunden nicht auch blödeln und saufen kann, stimmt ebenfalls nicht. Man vergnügt sich nicht schlecht, selbst wenn die Ehefrauen mit dabei sind.

Was unmöglich ist: Neue Freundschaften zwischen kinderlosen und kinderhabenden Paaren.

Auch ein Millionär kann jetzt ein Freund sein. Das ging früher nicht, weil er, der Millionär, in anderen Sandkästen, Sandkästen mit feinerem Sand, hockte.

Es ist immer schneller ausgemacht, ob einer das Potential zur Freundschaft hat oder nicht. Früher war dies verbunden mit Mutproben und geteilten Erlebnissen – Schule, Skiclub, Militär und so weiter. Heute genügt schon die Berufsangabe.

Im Englischen gibt es die handliche Bezeichnung »friends«, die eine umfassendere, leichtere, aber gleichzeitig präzisere Definition liefert als das deutsche Wort »Freunde«, das immer nach Männerbund, Blutsfreundschaft und Rütlischwur riecht.

Nichtstudierte haben es schwer, Gehrers Freund (friend) zu werden. Damit bleiben die Überraschungen aus. Gehrers Freunde denken alle wie Gehrer.

Freundschaft im Kindesalter: Das bedeutet nicht selten den Austausch von Geheimnissen, manchmal auch Kinnhaken und Ohrfeigen. Heute sind es Visitenkarten, die ausgetauscht werden. Andererseits: Es muß ja nicht sein, daß man nur deswegen persönlich wird, weil man sich kennt.

Während der alte Freundeskreis nach dem zwanzigsten Jahr auf ein elendes Häufchen zusammenfällt, explodiert der Kreis der neuen Bekanntschaften. Eine Inflation an Freunden! Jeder will noch schnell jeden kennenlernen, als drohe das Ende der Welt mit Einzelhaft. Die elektronische Agenda macht es Gehrer einfach: Schon über fünfhundert neue Adressen allein im letzten Jahr – mitsamt Berufsangabe, Ort, Datum und Anlaß des Kennenlernens, manchmal gar Hobbys und sonstigen Auffälligkeiten, alles in Stichworten.

Auch Jeannette geht es ähnlich, nur ist sie nicht so erpicht auf neue Freunde wie er.

Immer mehr Freunde, deren Namen Gehrer vergessen hat.

Ohne elektronische Agenda wäre es unmöglich, tausend Menschen zu kennen. Das weiß Gehrer auch. Soll er deshalb seine Jagd nach neuen Bekanntschaften aufgeben, die ihm einmal von Nutzen sein könnten?

Keine Automechaniker, Volksmusikanten oder Feuerwehrmänner unter seinen Freunden.

Es gibt jetzt auch Bekanntschaften, deren einzige Funktion darin besteht, neue Bekanntschaften zu spinnen.

Manchmal ertappt sich Gehrer dabei: Je erfolgreicher ein Kollege – CEO eines Konzerns, Multimillionär, Chefredakteur –, desto intensiver die Erinnerung an den Abend.

Es geschieht immer öfter, daß ihm wildfremde Leute Visitenkarten in die Hand drücken, ohne viel dazu zu sagen. Zum Beispiel nach einem Vortrag: »Kontaktieren Sie mich mal« oder »Ich werde Sie kontaktieren«. Wenn er am nächsten Morgen seine Taschen leert: Bündel von Visitenkarten! Unmöglich, sich die dazugehörenden Gesichter vorzustellen. Eigentlich geht's auch ohne die Gesichter, denkt Gehrer, ohne die Menschen. Nur die Visitenkarten. Dann fragt er sich, ob es nicht einfacher wäre, Adreßlisten fix und fertig zu kaufen.

Es kommt vor, daß ihm jemand einen Gruß ausrichtet, von einem, dessen Namen er noch nie gehört hat. Auch seine Agenda kennt ihn nicht. Freunde aus dritter Hand. Je erfolgreicher er wird, desto rasender entwickelt sich jener Freundeskreis. Selbst wenn er jetzt wollte, das Wachstum wäre nicht mehr zu stoppen. Eine Epidemie an Freunden. Freunde an allen Ecken und Enden. Nicht einmal mehr seine elektronische Agenda will diese Namen.

Plötzlich auch ein Vermögender unter seinen Freunden: Einmal auf einer Party wird Gehrer diesem Steinreichen vorgestellt. Mehrere hundert Millionen, Glück an der Börse, Glück in den USA, dabei jünger als Gehrer. Jener sagt nicht viel den ganzen Abend über, und wenn er etwas sagt, dann nur Unerhebliches. Das weiß man. Warum sagt's ihm keiner? Warum flüstert man es nur hinter vorgehaltener Hand? Warum wird es dann trotzdem still am Tisch, wenn er seinen Mund öffnet? Warum wird jeder Kugelschreiber, den er zückt, zur Sensation? Auch Gehrer lauscht gebannt. Kaum zu glauben, daß ein solcher Mensch nichts Gescheiteres zu sagen hat! Trotzdem versucht Gehrer noch den ganzen Abend, mit ihm ins Gespräch zu kommen. Genügt seine Visitenkarte nun doch nicht?

Tiere brauchen keine Freunde.

Auf seine neuen Freunde ist je länger desto weniger Verlaß. Sie sagen Abendessen kurzfristig ab oder verschieben sie aus den immer gleichen Gründen: ein Projekt in allerletzter Minute, eine dringende Sitzung, der Chef und so weiter. Deshalb, meint Gehrer, ist es um so besser, je zahlreicher sie sind. Wenn er dann einmal wirklich etwas von ihnen will – einen Job, einen Auftrag, eine Empfehlung –, wird's schwierig. Selbst wenn Gehrer persönlich bei der Sekretärin eine Nachricht hinterläßt, kommt es vor, daß seine Freunde sich nicht melden, auch nicht nach Tagen. Und je öfter er Nachrichten hinterläßt, desto öfter sind sie gerade abwesend – im Ausland, auf Meetings, bei einer heiklen Akquisition. Eine dumme Zeit eben.

Es gibt auch Freunde, die zurückrufen. Nur sind es dann die, die ihm nicht helfen können. Er hält sich ja nicht Freunde zum Vergnügen!

Mit 35: Man kann sich auf das Wissen verlassen. Gehrer kennt Zahlen. 5200 km: die Länge des Bahnschienennetzes in der Schweiz. 5400 km inklusive der Zahnradbahnen, Drahtseilbahnen, Hängeseilbahnen. 41 000 Quadratkilometer – die Fläche der Schweiz. 1333: Bau der Luzerner Kapelbrücke. Daß der Mensch zu 92% aus Wasser besteht. Pi auf vier Stellen genau. 1,9%: der momentane Weltmarktanteil seiner Firma. Er kennt die Kantone der Reihe nach. Was er noch immer nicht weiß: Ob es einen Gott gibt; ob es gerechtfertigt ist, einen Menschen zu töten, um zehn anderen das Leben zu retten; was Glück bedeutet; ob solches Wissen überhaupt erwünscht wäre.

Was einer in 35 Jahren alles verspeist: 3850 kg Fleisch – entspricht 10 Kühen, 8 Schafen, 15 ausgewachsenen Schweinen und über tausend Fischen –, 2 Tonnen Kartoffeln, 1,5 Tonnen Brot, 600 kg Früchte, 2000 Liter Wein, 5600 Flaschen Bier, 8000 Eier zum Frühstück, alles verschlungen, verdaut und ausgeschieden, genug Kalorien, um ein mittelgroßes Dorf vierzehn Tage lang mit Elektrizität zu versorgen oder mit einem gewöhnlichen Automobil die Erde fünfmal zu umrunden. Die Frage, wo angesichts dieser grandiosen Verschwendung die ökonomische Gegenleistung liegt – im Durchschnitt fünf Meetings pro Woche, zwei Vertriebsverträge unterzeichnet, ein neues Marketingkonzept alle sechs Monate. Nicht einmal der Geschlechtsverkehr braucht soviel Energie. Mechanisch ausgedrückt: 20 Tonnen Nahrung, bloß um ein paar lustige Muskeln 35 Jahre lang bei Laune zu halten.

Zum Beispiel verwundert es Gehrer, daß die indische Eisenbahn der größte Arbeitgeber der Welt ist. Über eine Million Menschen stehen auf ihrer Lohnliste. Gehrer kann es sich kaum vorstellen: zehntausend Lohnbuchhalter! Als bräuchte es eine eigene Lohnbuchhaltung für die Lohnbuchhaltung – und auch für diese wiederum. Ein Wuchern von transitorischen Aktiven und Passiven – wie Krebs. Ein unergiebiger Gedanke.

Es gibt viele Tatsachen, die erschrecken. Was ihn besonders erschüttert: Daß der Mensch alle sieben Jahre ein neuer wird; daß Körperzellen, Hirn- und Knochenzellen eingeschlossen, absterben und durch neue ersetzt werden, während wir den Alltag bewältigen und an anderes denken. Ausscheidung der toten Zellen über Stuhlgang, Harn, Haut und Atemwege. Nach sieben Jahren ist alles neu. Die bange Frage, wo angesichts dieses Umbaus der verbürgte Wert der eigenen Identität bleibt.

Man müßte, denkt Gehrer manchmal, eine Philosophie des Davonrennens schreiben, eine Philosophie des Durchbrennens. Nur wird man dann merken: Gegenwart gibt's genug. Sie wartet auf dich. Geduldig, ohne zu drängen, bis dir die Luft ausgeht. Sie holt dich nicht ein, sie rennt dir nicht nach. Du wirst von selbst zurück in ihre Arme finden wie ein Schlafwandler.

Entweder ist es wärmer geworden oder sein Atem kälter. Die Dampfwolke beim Ausatmen bleibt weg, trotz Windstille.

Zum Glück hat ihn noch niemand erkannt auf dieser Bank. In einer kleinen Stadt wie Zürich braucht man dem Zufall nicht viel abzuverlangen. Eigentlich geht es hier fast immer ohne Zufall, so absehbar ist es, daß Gehrer früher oder später gesehen wird: »Ach, Gehrer, was für ein Zufall!« Es ist sein Freund, der Journalist, in seinem hautengen Joggingdreß, dabei noch immer an Ort und Stelle hüpfend wie vor einem Rotlicht, dem nassen Kies ein regelmäßiges Knirschen und Rasseln entlockend, das an trabende Pferdegespanne erinnert. Nur Journalisten können es sich leisten, an einem gewöhnlichen Nachmittag, wenn sich der Rest der Menschheit über Papierstöße beugt und an Bildschirme nagelt, in lustigen Gewändern durch die Stadt zu surren, scheinbar federleicht wie Spione aus einer anderen Welt. Dabei spielt es keine Rolle, ob Regen oder Sonnenschein, zumindest nicht bei seinem Freund, denn sein Freund ist ein Mann der eisernen Konsequenz.

Ein Freund, der Halbheiten verabscheut. Zum Beispiel würde es seinem Freund nie einfallen, planlos, aus der Laune heraus, zu verreisen. Und sei es nur eine einfache Wanderung. Keine Wanderung ohne Ziel. Keine Wanderung ohne perfekte Vorbereitung. Sein Freund ist jemand, der selbst beim Zähneputzen mit einer Checkliste operiert, der nur die richtigen Autos fährt oder sonst lieber gar keine, der unter Sport Triathlon versteht, unter Musik ein Konzertdiplom, unter Allgemeinbildung die Bezwingung der Schrödingergleichung und dessen Leben sich darin erschöpft, aus allem das Beste zu machen. Seine Verbissenheit, immer aufs Ganze zu gehen.

In den Augen seines unbeirrbar an Ort und Stelle hüpfenden Freundes muß Gehrer kläglich gescheitert sein. Wie kann man drei Wochen ziellos in Indien verbringen, halb als Tourist – Gehrer hat nicht einmal die Chance ergriffen, den Taj Mahal zu besichtigen –, halb als Abtrünniger? Und dann die Rückkehr nach Zürich – dazu noch an seinem 35. Geburtstag! Was hat sich Gehrer wohl dabei gedacht? Was gibt es Schlimmeres, als ohne Trophäe – einen geschossenen Löwen, ein komplettes Manuskript, Harvard-Diplom, eine Erkenntnis, einen Entschluß, das Leben betreffend –, ohne Geschichte, nur mit Eindrücken, mit bloßen Eindrücken – was beweisen Landschaften schon? – in seine Heimat zurückzukehren? Ein scherzhafter Versuch, wahrlich, wie wenn ein Hypochonder zur Unterstreichung seines Zustandes pünktlich zur Mahlzeit erscheint, um vor versammelter Gesellschaft über sein Leiden zu klagen, statt konsequent im Bett zu liegen und den Unheilbaren zu spielen. Dabei lautet die entscheidende Frage nicht »Flucht wovor?«, sondern »Flucht wohin?« Und überhaupt: Weshalb gerade Indien? Dabei bietet doch gerade die Schweiz und so weiter.

Sein Konsequenz-Freund im leuchtenden Dreß hat natürlich recht: Gehrer hat kein neues Leben begonnen. Gehrer durchkreuzte wie ein Irrer ein fremdes Land in der Hoffnung, die Flucht allein würde es dann schon richten, irgendein Stern würde vom Himmel fallen, während er ziellos durch Indien schaukelte. Und als ihm nach drei Wochen die Lösung noch nicht in den Schoß gefallen war, der erwartete Selbstentwurf nicht stattgefunden hatte, warf er das Handtuch. Kapitulation auf halber Strecke. Selbst sein Freund findet es lächerlich.

Dann war er weg, und es ist möglich, daß Gehrer seinen Konsequenz-Freund nur gedacht hat – auf jeden Fall hat sein heftiges Strampeln und Hüpfen keinerlei Spuren hinterlassen. Der Kies liegt, außer an dem Ort, wo Gehrers Schuhe aus einem Gemisch von Verzweiflung und Langeweile Kreise drehen, gleich verstreut und vor Nässe erschöpft da.

P. S. Vielleicht hat sein Freund wirklich recht: Dieses Land bietet ja eigentlich alles.

Noch könnte Gehrer zurück. Zurück wohin? Tram Nummer 11 und so weiter. Das weiß er. Auch wenn es inzwischen Nacht, September oder Oktober geworden wäre: ein Theater zu Hause, ein Theater im Geschäft. Nichts weiter. Ein Bruch im Lebenslauf kann erklärt werden, auch auf dem Arbeitsmarkt. Ein unangenehmer Ruf, der ihn anfänglich noch begleiten wird. Bald schon wird ihn jeder als ehrbaren und verantwortungsbewußten Vorgesetzten, Mitarbeiter, Kollegen und Ehemann loben. Noch könnte Gehrer zurück.

Aber seine Geburtstagsfeier wird jetzt ohne ihn stattfinden, das weiß er. Selbst ein Taxi könnte die Zeit nicht mehr wettmachen. Er würde dastehen wie ein Bettler und beobachten, wie die Mitarbeiter über ölige Lachsbrötchen herfallen und die letzten Stücke seiner Kirschtorte lachend in ihr Gesicht rammen und mit kühlem Maienfelder runterspülen.

Und wenn er sich doch davonmachen würde, heute abend, Terminal A – New Delhi statt Kronenhalle?

Einmal, vor Jahren, hat sich ein Kollege nach Feierabend im Büro erschossen. Ein unauffälliger, verdienstvoller Mitarbeiter. Selbst den Leuten von der Reinigung, die letzten, die ihn noch lebend sahen, war nichts aufgefallen. Gehört haben den Schuß weder der Hausmeister noch die Nachtwache. Als die ersten ihn am Morgen tot auffanden, Kopf mit geöffneten Augen seitwärts auf der Schreibtischplatte, ebenso die Arme, in einer Hand noch die Pistole, hatten sich schon Fliegen über seine Leiche hergemacht. Blut an seinen Kleidern, auf dem Ledersessel, auf dem Spannteppich. Blutverklebt die Akten, Blut auf Verträgen, Blut auf dem Telefon, verkrustete Spritzer auch auf dem Computerbildschirm. Noch heute wird dieses Büro gemieden: Archiv mit prächtiger Aussicht.

Dabei ist jetzt alles so einfach wie noch nie.

Schauen, wie es in den See regnet. Gedankenlos denken, was gerade zu sehen ist. Gelassene Hügelzüge zur Linken und Rechten, die dem Regen standhalten. Ein später Nachmittag wie Asche.

Gelandet. Ein Nest irgendwo in der Karibik. Gleißen von Sonne und Meer. Sein leichter Gang quer über das Flugfeld hin zur Zollkontrolle. Das Flimmern der Luft über dem Betonfeld wie flüssiges Gas. An seinem Schritt deutlich zu erkennen: Das ist nicht sein erster Besuch hier; ein Routinier. Ein heißer Wind spielt mit seiner Krawatte. Gehrer mit Wintermantel in der einen, Aktenkoffer in der anderen Hand. Wie er geht als Geschäftsmann in höherer Mission, in dringenderen Geschäften als die lustigen Touristen, die ihm da nachfolgen über das weite Flugfeld wie Flüchtlinge mit buntem Handgepäck und lauten Kindern. Sein verschmitztes Grinsen beim Gedanken ans Büro in Zürich. Das alles hat er erlebt. Mehrmals. Erregung, die sich abwetzt.

Die Erkenntnis, ausgebreitet vor der abendlichen Seekulisse und in nassen Schuhen, daß seine Firma nur Unerhebliches herstellt, nichts Tragendes, keinen Gotthard-Durchstich, keine Mondrakete, kein Penizillin. Produkte ohne Seele, ohne Illusion. Blutleer. Nüchternheit mit Hang zum Kleinkarierten. Produkte, so peinlich wie Dosenöffner und Schuheinlagen. Gehrer als Mitglied einer Managementkaste, die sich haushoch überschätzt und deren Einfalt sie hinter einem faulen Kult – Kongresse, Visitenkarten mit überbordenden Titeln, Harvard-Executive-Kurse, Business Class, Business Style – versteckt. Die Erkenntnis, daß der Kaffee, der während den zähen Meetings serviert wird, immer dünner wird. Überhaupt das Vakuum an Begeisterung auf allen Etagen.

Erkenntnis auch im Privaten: sein Ungenügen als Ehemann. Nicht nur im Bett. Als Lebenspartner überhaupt. Seine Ehe mit Jeannette: eine durchaus vernünftige Angelegenheit. Als er sie kennenlernte, ging kein Erdbeben durch die Welt – nicht einmal durch ihre Herzen. Nur ein Gefühl der Erleichterung, auf derselben Wellenlänge zu sein. Wenn beide über 30 sind: Wie lange soll man sich noch umschauen? Eine Ehe bleibt ein Schuß ins Leere. Irgendwann macht man vorwärts. Das ist halt so. Das ist immer so.

Gehrer und Jeannette: Noch streiten sie sich selten. Selbst wenn ihnen die Wut im Gesicht steht, selbst bei Weißglut, wird nicht gestritten. Das hatten sie stillschweigend so vereinbart und fast ausnahmslos bis auf den heutigen Tag gehalten.

Längst hat er es aufgegeben, konfliktträchtige Stoffe und neuralgische Situationen anzusprechen. Mit 35 wartet er lieber ab, bis sie das Thema anfaßt und er es mit einer versöhnlichen Geste wie einen Tennisball in den Wind schlagen kann. Er will sich ja nicht die Finger an Themen verbrennen, die das Potential haben, sich mit der Zeit von selbst aufzulösen! So veranstalten die Gehrers eine größtenteils ruhige, eine, man könnte sagen, harmonische Ehebeziehung.

Häufig sind es Kleinigkeiten, an denen sie sich heimlich aufreiben. Auch das ist nicht anders als sonstwo. Zum Beispiel ein verkalktes, mit Zahnpastaschaum verspritztes Glas, das eine zerdrückte Pastatube und ein zerkautes und ebenso mit Flecken beschlagenes Zahnbürstchen mit weit ausgespreiztem Bürstenkopf als Fracht mitführt. Was den Ärger heraufbeschwört: Daß er das Zahnglas auf der falschen Seite des Waschbeckens parkt und sie es dann mit mütterlicher Sorgfalt umparken muß – bis es am nächsten Morgen wieder am falschen Ort steht und Jeannette angrinst. Das lädt sich dann über Tage und Wochen hin unsichtbar auf, bis sie es ihm wieder einmal sagen muß.

Dasselbe mit dem WC-Deckel. Klar sieht es mit geschlossenem Deckel anständiger aus, er ist ja nicht blind, jedoch erfordert ein stets geschlossener Deckel zwei zusätzliche Verrichtungen, eine vor und eine nach der eigentlichen Verrichtung, die

Gehrer im Vergleich zur gewonnenen Badezimmerästhetik als unverhältnismäßig einstuft. Logisch konsistent; ein vertretbarer Standpunkt also.

Daß er sich aus siedender Wut heraus, wie es in jedem gutbürgerlichen Haus zugehen soll, an die zwölf in der Vitrine säuberlich aufgereihten, ziselierten Likörgläser gemacht hat und sie aus einer Faust, von urbrünstigem Fluchen begleitet, an die gegenüberliegende Wand, eine fein verputzte Gipswand, geschmettert hat, ist noch nie vorgekommen. Solche Szenen hat er mit 35 aus seinem Drehbuch gestrichen. Sie gehören nicht ins Repertoire der Gehrerschen Problemlösungsmethodik – mögen sich andere Paare solche allzumenschlichen Darbietungen leisten!

Je länger die Gehrers ein Paar sind, desto weniger gönnt man sich eine Szene, desto eher beißt man auf die Zähne, knirscht, holt dreimal tief Luft und läßt die unverständlichen Eigenheiten des anderen Partners gelten, bis nach einer Weile, einem Jahr, einem Jahrzehnt, das Zähneknirschen in Gleichgültigkeit umschlägt und selbst das Tief-Luft-Holen drei Atemzüge zuviel bedeutet.

Was das Zahnglas betrifft, so macht es für Gehrer unendlich mehr Sinn, wenn es wie gesagt rechts statt links steht, auf derselben Seite, wo er im Wandschrank seine übrigen Toilettenartikel aufbewahrt, rechts also, zumal sein Handtuch ebenfalls rechts hängt, auch sein Waschlappen und seine Seife rechts, überhaupt rechts, seine Seite schon seit Jahren!, was ihr, die sie ihre Zahnbürste im kleinen Spiegelschränkchen liegen hat und somit keinen Bedarf für ein öffentlich sichtbares Zahnglas empfindet, einen Konflikt mit dem eng gebundenen, rostfarbenen Dörrblumenstrauß einbrockt, der ebenfalls, der sporadischen Gäste wegen, genau dort stehen muß, wo Gehrer sein Zahnglas gern permanent gesehen hätte; was ihn zu der Annahme verleitet, es ginge Jeannette im Kollisionsverhältnis zwischen Zahnglas und Trokkenblumenstrauß einzig und allein darum, ihn zur Aufgabe des Zahnglases als Behälter für Zahnbürste und Tube zu bewegen. Schließlich, das beweist sie ihm tagtäglich, geht es auch ohne.

Beide Gehrers überlassen sich so den Bewegungen eines Zahnglases; und selbst wenn die Gehrers im Urlaub weilen, muß angenommen werden, daß der Konflikt zwischen Zahnglas und Dörrblumenstrauß an der Heimfront weiterschwelt, daß das

Glas sich wie der Hexenbesen des Zauberlehrlings verselbständigt, hin- und herhüpft, zwischen links und rechts oszilliert und so den toten Strauß in den Irrsinn treibt.

Es ist lächerlich, das wissen beide, so lächerlich, daß es lächerlich wäre, sich darüber unterhalten zu müssen. Aber Gehrer weiß: Die heikelsten Probleme sind diejenigen, die es sich nicht einmal lohnt, zum Thema zu machen. Diese viel zu geringen, subtilen, unterschwellig wirkenden Konflikte bergen die Zerstörungskraft böser Viren. Man mag sich nicht ums Thema kümmern – und genau davon leben diese teuflischen Dinger.

Wenn es dann trotzdem einmal kracht, kommt Gehrers 35jährige Problemlösungserfahrung erst so richtig zum Tragen. Gehrer bleibt ruhig, aufdringlich ruhig, setzt sich mit einer alles beherrschenden und doch lockeren schwungartigen Bewegung neben Jeannette, ergreift, etwas körperliche Distanz haltend, ritterlich ihre Hand, hält ihre Finger in seiner Linken und massiert mit seiner rechten Hand zärtlich ihren alabasternen Handrücken, minutenlang, dirigiert dann seinen Körper unmerklich näher an sie heran, so daß die ursprüngliche Distanz allmählich verschwindet und er jetzt seine rechte, Jeannettes Handrücken massierende Hand anders einsetzen kann, zum Beispiel, indem er sie ebenso verführerisch durch ihr kastanienbraunes Haar steuert, dabei sich noch jedes Wort verbietend, nur Verständnis ausstrahlend und so den Streitpunkt langsam vertreibend. Das erste und gleichzeitig wichtigste Wort, das Gehrer dann mit vollem Bewußtsein ausstößt, das Königswort aller Konfliktresolutionen überhaupt: »Mißverständnis«, »in Wirklichkeit bloß ein Mißverständnis« und so weiter, entschärft die Situation so weit, daß sich ihr Puls auf einer niedrigeren Frequenz einpendelt und sie die zärtlich durch ihr Haar wandernde Bewegung vorsichtig zu genießen beginnt. Das Zauberwort »Mißverständnis« macht, mit voller Wirkung, alles so klar und alles so unklar, und Gehrer ist erstaunt, wieviel das daraufhin ausgesprochene banale, die Situation zementierende »Es gibt Wichtigeres im Leben« ausrichten kann – ein Satz, der nicht gelogen ist.

So übertüncht Gehrer die ganze Szene mit rosa Harmoniegefühl. Konfliktlösung durch Sympathieverstäubung. Weihrauch aus vollen Kesseln. Jeannette, nicht dumm, weiß genau, was gespielt wird, doch will auch sie, offen gestanden, ihr Eheglück nicht von einem Zahnglas abhängig machen.

Vorschneller Handschlag. Zurück bleibt eine in Atmosphäre eingelullte Bruchstelle, ein verwachsener Knochenbruch, der immer an derselben Stelle wieder aufbricht und an derselben Stelle wieder zusammenwächst, so oft, bis er halb verwachsen, halb gebrochen bleibt.

Mit 35 wird Gehrer zum Harmonie-König, ohne daß an der Realität etwas verschoben werden muß. Gehrer kann alles beim alten belassen, und trotzdem ist das Problem zeitweilig vom Tisch. Problemlösung durch Zuspruch und Beschwörung – ganz wie im Mittelalter.

Aber Gehrer ist nicht harmoniesüchtig – im Gegenteil. Er setzt die Harmonie bloß als Instrument ein, um sich die lästigen Konflikte vom Hals zu halten. Er kennt auch Paare, die sich eine Tugend daraus machen, sämtliche, auch die geringsten Eheprobleme in höchst aufrichtiger, gewissenhafter und gemeinschaftlicher Art zu lösen, Paare, die sich sofort auf jeden möglichen Konfliktherd wie auf einen Fraß stürzen, ihn ausschlachten und dabei Befriedigung empfinden, ihn zu Tode analysieren, ganze Lehrstücke und Lebensregeln aus ihm herauszerren und so die Ehe als höchste Lebensschule feiern – andere behaupten dasselbe vom

Militär –, Paare, die den einzigen Beweis einer gesunden Partnerschaft in der Anzahl erledigter und ad acta gelegter Problemfälle sehen und vor lauter gutgemeinter Ehe den versteckten Liebreiz partnerschaftlicher Irritationen übersehen. Dafür hat Gehrer keine Zeit. Gehrer ist nicht einer, der sich darin erschöpft, den ewigen Ehefrieden auf Erden einzuläuten. Dazu sind ihm Eheprobleme zu einfältig.

Erkenntnis, die nicht erschreckt. Es kommt zu keiner Beichte. Es wird nur leise gedacht. Ablagerungen aus langen Jahren. Erkenntnis in der Qualität von Sediment. Erkenntnis unter Bleiwolken, während er mit seinen Schuhspitzen im lehmigen Grund bohrt und schweigt.

Jeder Tag beginnt mit einem nebligen Tasten nach dem piepsenden Wecker und endet mit der Einstellung der neuen Weckzeit – der letzten Kalkulation des Tages. Dazwischen fällt nicht viel an, zumindest nicht viel Neues, und das meiste geht wie von selbst in Ordnung.

An sich sind es glückliche Tage.

Daß das Leben kein Feuerwerk sein muß, sondern eine Aneinanderreihung einfacher, leichter, glücklicher Tage sein kann, beweist ihm Jeannette von Jahr zu Jahr. Jeannette findet Sinn in jedem Sandkorn. Nichts kann ihr Vertrauen in die Welt zerstören. Irgendwie hat es die Welt gut gemeint mit den Menschen, und dazu gehöre auch Gehrer, sagt sie öfter. Ein schlechter Tag ist bloß ein Indiz dafür, daß wieder gute kommen werden. Wenn etwas schiefläuft: Das Leben wird es schon richten. Jeannette ist nicht dumm, nur glücklich.

Jeannette macht sich oft lustig über die Selbstverwirklichungssüchtigen, die Lebensprogrammierer, die Erfahrungstäter, die Ich-Befriediger, die verbissen an einem umfassenden Lebensentwurf herumbasteln, oft über Jahrzehnte, und nie ans Ziel zu kommen scheinen, jene, die vom Leben mehr erwarten, als es bestenfalls liefern kann, die Lebensungeduldigen, jene, die meinen, Gott spielen zu können, und damit nicht nur sich selbst, sondern auch ihre Mitmenschen ins Unglück reißen.

Für Jeannette ist das Leben kein Wurf, kein Gesamtkunstwerk, keine bombastische Ich-Architektur, sondern eine vergnügliche Sonntagsfahrt, zeitweise kommt es zu Staus, manchmal auch ein kurzer Spritzer aus dem Himmel, aber im allgemeinen ist es ein flüssiges, leichtes Fahren in geschwungenen Kurven bei Sonnenschein und heruntergekurbelten Scheiben; Wind in den Haaren, man sieht viele hübsche Dinge vorbeihuschen, glänzende Kinderaugen, saftiggrüne Wiesen, kreisende Vögel, weite Felder, das Weiß der Berge, zwischendurch steigt man aus und vertritt sich die Beine, man pflückt eine Blume vom Straßenrand, bestaunt ihre Farben, zählt ihre Blätter, zieht sich den Halm durch die Zähne, hält sie unter die Nase, lacht und übergibt sie dem Wind, jeder Kilometer bringt viel Freude, und schließlich kommt man etwas müde, aber glücklich wieder an den Ausgangspunkt zurück.

Man muß sich ja nicht dauernd neu erfinden, meint Jeannette.

Als brauche sie bloß dreimal in die Hände zu klatschen und ihr Wille geschehe wie im Himmel so auf Erden.

Vielleicht liegt gerade darin Jeannettes Verbrechen: ihre sonnige Natur, die ihn zur Verzweiflung treibt. Er nennt es ein kindisches Glück, ein Glück ohne Substanz, gebaut auf sandigem Grund, ein unüberlegtes, ein zufälliges Glück, ein tagein-tag-aus-Glück. Unvermeidbar, daß sie damit auf Schritt und Tritt Neid erzeugt, besonders bei Gehrer.

Überhaupt hat Jeannette einen Drang, alle Menschen glücklich zu sehen. Sie ist bemüht wie ein Engel, die Welt aus dem Hut zu ziehen, das Leben auf den Tisch zu zaubern.

Manchmal meint Gehrer, vielleicht habe sie ja recht: Es ist kindisch, jahrein, jahraus zu trotzen, zu klagen, wie ein kleiner Bub, der das Zuckerzeug nicht kriegt und meint, die Welt sei ihm etwas schuldig, dabei hat der Zuckerverkäufer bloß ausverkauft.

Häufig ist Jeannette nicht ansprechbar vor Glück.

Dann wieder denkt er, es sei ergiebiger, sich mit dem See zu unterhalten als mit Jeannette.

Gehrer beobachtet sich, wie er andere beobachtet, wie sie sind, einfach sind – in der Straßenbahn, hier auf der Promenade am See oder als Gruppe im Restaurant. Da wird gelacht und auf den Tisch gehauen. Am meisten fasziniert ihn der Gang, der scheinbar natürliche, der einfache Gang des Menschen, der ihm jetzt auf einmal so ungelenk vorkommt.

Gehen ohne Schwung. Gehrer bewegt sich durch die Straßen, als müßte sein Hirn jede Bewegung durchdenken. Es fällt ihm auf, daß die anderen, die Jüngeren, aber durchaus noch seine Generation, ohne bewußte Anstrengung gehen, lachen, laufen, umarmen, küssen. Vor allem ihr fließender Gang. Es kommt Gehrer vor, als lerne er schwimmen oder eislaufen: Kontrolle der Haltung, Konzentration der Kadenz, betonte Atmung – eine Unachtsamkeit, und er riskiert zu stürzen oder abzusaufen. Dabei ist er, wie gesagt, mit 35 nicht unsportlich.

Manchmal schaut er dem Gang Verliebter nach – vier Beine, die sich immer wieder ins Gehege kommen und oft nur durch einen Sprung oder eine leidenschaftliche Umarmung zu entwirren sind. Der Sonntagsspazier-Gang, Arm in Arm – von fern: Schaukeln wie ein Pendel. Das Trippeln auf dem Fußballfeld. Der leicht vorgebückte Gang mit dem Kinderwagen. Der rundliche Besitzer vor seinem Laden – Hände in den Hosentaschen – kein Gang, sondern Ruhepose. Ein Spezialfall des Ganges, denkt Gehrer.

Hunde machen sich auch keine Gedanken über ihre Körperhaltung, obwohl das Doppelte an Füßen zu koordinieren ist. Je kleiner der Hund, desto autonomer die Beine; als rennten sie noch ein Stück weiter, wenn der Hund schon angehalten sein möchte. Das passiert größeren Hunden nicht; dort herrscht höhere Koordination. Die meisten, deren Gang er bewundert, sind jünger als 35. Häufig, wie gesagt, durchaus noch seine Generation.

Am liebsten geht er zu zweit, mit Jeannette oder mit einem Freund. Dann sind die Gedanken beim Gespräch, und der Gang kommt ganz von allein. Wenn er allein geht, dann hilft schon eine Aktentasche; dann weiß man wenigstens, wohin mit den Armen, was es auch den Beinen einfacher macht.

Er denkt sich, er denke zuviel, deshalb die Befangenheit als einzelner auf dem Trottoir. Eigentlich genügte es, gar nichts dabei zu denken, wie er einen Schritt vor den anderen setzt. Anderen fällt das leichter, denkt er, das Gehen, das Leben überhaupt.

Er kennt den Weg aufs Dach. Die kleine Treppe hinauf um den Liftschacht herum, dann kommt man zur Tür. Wenn man Glück hat, ist sie nicht verriegelt. Dort oben hatten sie, er und seine Abteilung, vor Jahren das Zürcher Seenachtsfest gefeiert. Ein großartiges Feuerwerk synchron mit Musik aus dem Transistorradio. Ein Feuerwerk, so ausladend und verschwenderisch, wie man es nur aus Weltstädten kennt. Und man war sich einig: ein Fest, entschieden zu groß für diese Stadt. Trotzdem, oder gerade deswegen, man hat jede Sekunde genossen an jenem schwülen Sommerabend. Champagner und Weißwein im Überfluß hoch über der Stadt. Anstoßen auf die Zukunft der Firma, auf die Zukunft überhaupt. Ein Tag der Erfüllung! Immerhin sind es acht Stockwerke, ringsherum Asphalt. Und doch: Es gibt Berichte, wonach Leute einen Sturz aus doppelter Höhe überlebt haben und anschließend als Krüppel noch viele Jahre weiterleben mußten.

Die Rinde der Kastanie glänzt vor Nässe. Das macht sie glitschig. Kalte, nasse, schleimige Rinde. Wenn man daran kratzt, bleibt der körnige Brei unter den Fingernägeln sitzen – ohne nach Rinde zu duften. Gehrer muß jetzt nicht extra aufstehen und mit der Hand an dem nassen Stamm entlangfahren. Das erledigt die Erfahrung für ihn. Es wäre lächerlich, wenn man nicht einmal mehr der Erfahrung vertrauen könnte.

Dieses knorpelige, knochige, verwachsene Geäst – wie in schwarzen Gips getauchte Rohre und Drähte. Unförmige Gitterstäbe, den Himmel absperrend. Verknorzte Stäbe, hart wie Gestein. Ein Baum, an dem es nichts zu rütteln gibt. Wachstum unvorstellbar. Selbst der Blätterfirlefanz im Sommer wie unnötige Verkleidung. Die Kastanienkugeln verraten bloß das Gemüt dieser Aufstellung – wenn sie im Herbst den kiesigen Boden beschießen oder Gehrers Sitzbank bombardieren. Auf einen Sturm kennt die Kastanie nur zwei Antworten: Entweder sie bleibt starr, trotzt dem Wind, weicht keinen Millimeter von ihrem Platz und siegt; oder sie gibt auf, Entwurzelung, und liegt dann da wie ein umgeworfener Stuhl. Eine Verständigung mit dem Wetter, ein Arrangement mit den Winden, ist ausgeschlossen. Eine Konstruktion für Höhlen oder fürs Gefrierfach. Es würde nicht erstaunen, wenn die eine oder andere Kastanie sich entschließen würde, dieses Jahr keine Blätter abzuwerfen und auch keine Kugeln zu produzieren. Man würde verstehen. Es liegt nicht in der Natur dieses Knochengerüstes, besonders unternehmungslustig zu sein. Es genügt, daß die Kastanie sich anstrengt dazusein, starr und fest, und Gehrers Gedanken wie eine Tenniswand zurückzuspielen.

Im Sommer wird sie eine staubige Kastanie und frißt den Himmel über sich zu. Im Winter gibt sie ihn frei – den ungeheuren bleichen Himmel, leer und ohne Bewegung.

Es stimmt nicht, wenn jemand behauptet, man probiere Geschichten an wie Kleider – Max Frisch. Kein luftiges Wechseln von Hemden und Hosen. Kein Tänzeln vor dem Spiegel, um zu sehen: Es paßt, oder es paßt doch nicht. Wenn es so einfach wäre, würden wir uns täglich aus der Haut stehlen. Aber es ist nicht so einfach; es bedarf eines Ausbruchs, eines mit aller Konsequenz durchgezogenen, regelrechten Ausbruchs. Und zuerst bedarf es einer Wut im Bauch, einer Donnerwut, eines Zorns, daß es einen fast zerreißt. 35 lange Jahre hat Gehrer diesen wachsenden Zorn mit sich herumgetragen, eine Wut ohne Blitzableiter. Dann, auf einmal, sitzt Gehrer im Flugzeug nach Indien, Air India 127, froh wie ein Flüchtling nach dem Überqueren der Grenze, Gehrer sitzt da, den Sicherheitsgurt noch immer angezogen, bestellt einen Drink nach dem anderen, zappt sich durch alle Inflight-Kanäle, spielt jedes Spiel auf seinem Monitor, pumpt sich laute Musik in die Ohren, trommelt dazu mit den ausgestreckten Zeigefingern auf sein heruntergeklapptes Tischchen, wippt übermütig seinen Kopf im Rhythmus hin und her, wippt mit dem ganzen Körper, epileptisch, trommelt mit den Fußspitzen den Gegentakt zu seinen Händen, am liebsten würde er jetzt aufstehen und tanzen, tanzen bis in alle Ewigkeit, nur der Sicherheitsgurt hält ihn noch im Sessel, bestellt wieder ein paar Drinks, bis ihm die Stewardess plötzlich den Kopfhörerstecker aus der Buchse zieht und ihm lächelnd, wie eine Krankenschwester, ins Ohr flüstert: »That's it!«, genug sei genug, Landung in 60 Minuten, er möchte sich doch noch eine Weile hinlegen, um sich auszunüchtern.

Als er aufwacht, steht Gehrer vor dem indischen Zöllner mit Abzeichen, die an russische Generäle erinnern – ein übermüdeter, unrasierter Gehrer mit roten, in dunklen Ringen eingefaßten Augen; Gehrer, der auf die Frage »What's the purpose of your trip?« keine Antwort hat, eine Frage, so unmöglich wie »What's the purpose of your life?«, und wie Gehrer dasteht mit flehendem Blick, der bedeutet, er, der Zöllner, möge doch bitte verstehen, welcher dann auf die etwas schärfer gestellte Frage »Did you understand?« – natürlich hat Gehrer verstanden – weiterhin nur Schweigen erntet, ab und zu etwas Gestammel. Plötzlich Aufregung. Ein Übersetzer wird angerollt, einer im

Rollstuhl, ohne Beine, dafür mit Turban, trotzdem ein Übersetzer, der ihm die Antwort auch nicht abnehmen kann, Gehrer weiß einfach nicht, warum er hier ist, warum gerade Indien, er weiß es weder auf deutsch noch auf englisch, nicht einmal eine Adresse hat er. Seine einzige Handlung besteht darin, dem Übersetzer seine elektronische Agenda in die Hand zu drücken, in der Hoffnung, das Einreiseverfahren zu beschleunigen, er brauche das Gerät ja nicht mehr, nein wirklich, es sei ihm eine Ehre, mitsamt seiner Adreßdatei – über zweitausend private und geschäftliche Telefonnummern inklusive E-Mail-Adressen –, wenn er dem Zöllner nur endlich sagen könne, daß alles okay sei. Minuten später sitzt Gehrer auf einem staubgelben Rickshaw und knattert davon. Unsinn voller Wirklichkeit...

Plötzlich, mit 35, beginnt die Zeit zu rasen – wird von Knüppeln getrieben, flüchtet sich davon, verdünnt sich. Das Bewußtsein, daß nur noch eine begrenzte Menge an Leben verbleibt, die ihrerseits nur noch eine begrenzte Menge an neuer Erkenntnis zuläßt. Gehrer weiß zum ersten Mal, daß sein Leben kein vollkommenes sein wird, weil kein Leben vollkommen sein kann, es sei denn das in den naiven Köpfen der Jugend. Ja, die Jugend. Er spricht jetzt erstmals von Jugend und meint damit eine andere Generation – nicht mehr die seine.

Die vermeintliche Höchstform mit 35. Für einen Arbeiter oder Handwerker ist es augenfälliger: Der Jüngere legt die Platten schneller, hat schneller einen Lastwagen voller Zementsäcke abgeladen. Er, der 35jährige, tut dann so, als hätte er es nicht mehr nötig zu spurten. Er kann dann auch mal eine Runde daneben stehen, Hände in die Hüften gestützt, eine Zigarette rauchend, und sicherstellen, daß die abgeladenen Zementsäcke wirklich an den richtigen Ort gelangen. Das nimmt ihm der Jüngere auch nicht übel. Nur merken's beide, daß der Ältere jetzt schneller außer Atem kommt. Es bleibt kein Geheimnis.

Diese Überlegenheit der Jüngeren kommt bei Angestellten in Managementpositionen als Überraschung. Der 35jährige behält's für sich. Er nimmt's persönlich – als Attacke.

Daß Jüngere ihn mitten im Satz unterbrochen haben und sagen: »Wirklich?«, ist schon immer einmal vorgekommen, jetzt aber erschrickt er, wenn es vorkommt. Es dauert dann einen Atemzug länger, bis er den Faden wiedergefunden hat.

Ehrfurcht vor dem Fortschritt, die zur Furcht wird angesichts der Leichtigkeit, mit der die jüngste Generation zum Beispiel mit dem Computer hantiert. Trotzdem entschlossen, sich nicht einer Jugend zu beugen, die einem allmählich die Luft abschneidet. Das Gebot, auf der Höhe der Zeit zu sein, besonders in Fragen des Fortschritts, besonders nach 35.

Gehrer hat Brüder oder Schwestern: Auch sie kommen voran; manchmal sogar besser, leichter, ohne Kapriolen, scheint es.

Noch schenken sie ihm keinen Früchtekorb zum Geburtstag. Auch keine Golduhr. Die Kirschtorte werden sie heute untereinander aufgeteilt haben – nicht wie Aasgeier, sondern ordentlich, zeremoniell, wie bei einem Nachlaß.

Wovor er sich fürchtet: der alljährliche Gang zum Optiker.

Ein Weltbild, das er sich in einem langwierigen Reifeprozeß ernsthaft erbaut, in manch nächtlicher Diskussion erstritten, stellenweise auseinandergetrennt und wieder zurechtgezimmert hat, dieses schillernde, verknotete und verflochtene Weltmodell, entstanden über Jahre, kommt nun seltsam verblaßt daher. Das läppische Einspuren auf Prinzipien; unbeugsam in Grundsätzen und Methoden. Nicht daß man seine jugendlichen Überzeugungen in den Boden gestampft hätte, man hat sie nur eingetauscht zugunsten des Praktischen.

Abflachen der Lebenskurve, kein Knick, nur eine gemeine Krümmung in die Horizontale. Man steigt auf, leistet, produziert, krampft während zehn bis fünfzehn Jahren, nimmt die Anhöhe und glaubt sich schon auf dem Gipfel, statt dessen findet man sich allein inmitten eines weiten Hochmoors, sumpfig und richtungslos. Das Sich-Auflösen von Vorräten, die man stets in seinem Bestand geglaubt hatte. Jahrelang die Überzeugung, daß ein Studium noch möglich sei, eine Dissertation auch Jahrzehnte nach dem Examen. Ein eigenes Geschäft auch nach 35 – Beispiele gibt's zuhauf. Auswandern: Die USA verschwinden nicht nach 35. Selbst in Indien könnte man leben. Selbst als Schriftsteller. Seifenblasenbestände. Greift man nach ihnen, so zerplatzen sie.

Ein Pilot, der sein Segelflugzeug tapfer und geschickt, in unzähligen Kurven und heiklen Passagen, nach oben gearbeitet hat, und plötzlich kommt er nicht mehr weiter. Es geht nur noch vorwärts – auch über jenen Gipfeln und Graten, die ihn noch am Morgen liebevoll in den offenen Himmel emporgehoben haben. Jetzt wollen sie nicht mehr. Ob er von Süden oder Westen her anfliegt, mit vollem Tempo oder in leichter Schieflage, um die sagenumwobene Strömung am richtigen Ort zu erwischen, spielt alles keine Rolle. Er kann machen, was er will. Sie zeigen ihm bloß die kalte Schulter.

Später dann setzt die Thermik ganz aus, und es wird schwierig, die Höhe auch nur stellenweise zu halten. Gefährlich nahe kommt er den leuchtenden Zacken, und er muß auf der Hut sein, daß sie ihn nicht erwischen und auffressen. Wenn jetzt bloß nicht der Nordwind einsetzt, denkt er. Vor Jahren hat es so einen erwischt und gegen die Nordwand geschmettert, weil es ihm nicht gelang, rechtzeitig das Couloir über die Steinmattflanke zu verlassen. Aber es ist der Nordwind, der ihn jetzt mit eisernem Besen vom Himmel fegt. Er zittert. Seine beiden Hände: Als wären sie mit dem Steuerknüppel verschweißt. Er rudert wie ein Verrückter in einer einsamen Welt. Das Wippen der Flügelspitzen. Und dann: Die Steinmattflanke zischt an ihm vorbei. Es fehlen wenige Meter!

Unten wartet das grüne Tal, leuchtende, saftige Weiden, ein Dörflein, dahinter noch eins, wie prächtige Kuhfladen im ausladenden Tal. Vor sich hin krebsende Punkte auf der Landstraße, ein rotes Züglein schlingert durchs Tal. Modelleisenbahnwelt, denkt er, während er mit versteinertem Blick der heilen Welt entgegensaust. Immer bunter und bewegter wird sie: Die Kuhfladen zerspringen in einzelne Dächer mit verwinkelten Gassen, und auf der Straße sind die Formen der Autos schon auszumachen. Nur den Flugplatz scheinen sie abgeräumt zu haben. Er sucht und sucht und dreht den Kopf in alle Richtungen. Auch nach einer eng gezogenen 360-Grad-Kurve, die ihn einige Höhenmeter kostet, bleibt es ein Tal ohne Piste…

…ein Tal, ein falsches Tal, das jetzt nach ihm schnappt. Dann ein Schlag, ein heftiges Trommeln und Knacksen… Dann Stille.

Gelber Staub steht in der Luft, wuchert als belichtetes Denkmal über dem Feld, verzieht sich zwischen die Stauden. Nach einer Weile ein aufgebrachtes Bäuerlein, mit einer Mistgabel bewaffnet, stapft hastig durch das Maisfeld und trommelt laut fluchend mit rauhen Händen an die zerkratzte

Plexiglashaube. Könnte er doch nur für immer in dieser schützenden Hülle bleiben!

Gehrer sitzt auf seiner Bank am See, Blick in die Kastanien hinein, und sieht die Wüste. Zum Beispiel die Wüste von Rajastan; die Farben des glühenden Mittags, die zitternde Stille, die schwarzen Steinklumpen mit einem Stich ins Violette, Steinbrocken wie Pech halb versunken im flüssigen Sand, scharf wie Glas, kein Vogel in der Luft, kein Insekt, nicht einmal Wind, ringsum nichts als unheimliche Gegenwart, sie steht da, die Gegenwart, wie ein unsichtbarer Amboß, unentrinnbar den Schlägen der Sonne ausgeliefert, ein feines Zittern über den zerbrochenen Hügelzügen, die sich wie ein Bleistiftstrich von der gleißenden Wut des Himmels abheben, da und dort ein eingestürztes Gemäuer, in dessen Schatten die finstere Nacht lauert, Zeichen, daß jemand versucht hat, die Gegenwart zu bezwingen, und daran gescheitert ist.

Gehrer braucht einen See voll Wasser.

Wieder geschieht nichts.

Gelegentlich denkt er ans Schlußmachen.

Das Verkrusten der Spontaneität zur Besonnenheit: Wenn er sich beim Autokauf zehnmal überlegen muß, ob dunkelbraun metallisé oder schwarz. Früher war es einerlei. Oder es mußte eine ungezogene Farbe sein!

Dabei ist man durchaus noch interessiert an dem, was da kommen wird – das Abonnement der »Neuen Zürcher Zeitung« beweist es, ebenso ein Regal voller Literatur zu stolzen wirtschaftspolitischen Themen. Nur liegt es einem nicht mehr, Hand anzulegen. Zukunft nicht mehr als Sandkasten. Mit 35 sind die Entwürfe vorbei. Damit vereinfachen sich die Dinge.

Kargheit – der reduzierte Bestand an Möbeln, die blanken Wände unter Halogenlicht, das nackte Parkett – nicht mehr aus Geiz oder Sparsamkeit, sondern aus Geschmack. Kühnheit nur noch in Richtung Vergangenheit – schon die Gegenwart ein Problem. Und für die Zukunft wünscht man sich, man könne sie hinter dicken Glasscheiben durchfahren.

Mit bedeutend Jüngeren geht es bereits nicht mehr. Zum Beispiel bei einem mehrtägigen Jazz-Happening: Gehrer wie ein Verirrter inmitten dieser Jugendpracht. Nur nimmt ihn niemand ernst. Auch nicht beim nächsten Anlaß: Wie er in seiner Lederjacke dasteht, wirkt er bloß lächerlich. Er spürt: Das ist nicht mehr seine Jugend, hier herrscht eine andere Semantik. Sein Okay-Zeichen zum Beispiel, geballte Faust mit gespreiztem Daumen nach oben, ist nicht mehr cool, es verrät ihn bloß.

Eigentlich zweifelt noch keiner an ihm.

Nach der Dusche, vor dem Spiegel: Gehrer ist kein Löwe.

Man kann aber auch nicht behaupten, er sei sichtlich gealtert.

Was mit 35 fehlt: das Staunen, das Überwältigtsein, die Ergriffenheit, Gefühle des Erhabenen. Dafür fließen Ausdrücke der Begeisterung um so freier von den Lippen: Das Meer! Der Pulverstrand! Der Kristallschnee! Die Rundsicht! Begeisterung, die nicht nachlassen will. Begeisterung, die hartnäckig und dumm wird.

Haß, böser, brennender Haß auf bestimmte Personen oder Umstände, Haß bis zur Weißglut, Haß mit dem Ziel der totalen Vernichtung – das alles ist mit 35 verröchelt. Haß jetzt als Verbitterung und Ekel. Haß als Groll. Man stellt fest: diese seit Jahren andauernde Lächerlichkeit.

Erbarmungslos wird den Optionen das Rückgrat gebrochen. Das heißt: Gehrer wird Realist. Man mutet sich nicht mehr zuviel zu. Im Zweifelsfall lieber zuwenig. Im allgemeinen aber gerade genug, um ein Leben zu füllen mit wohldosierten Häppchen – man kennt den eigenen Charakter aus Erfahrung und weiß: Überladen nützt nichts. Man verzögert den Fortgang der Arbeiten und Projekte, die früher nicht warten durften. Aber man staut nicht auf, sondern löscht sie aus dem Kopf, sobald man einsieht, daß das Unterfangen undurchführbar ist – und das sieht man immer früher ein.

Wenn man nicht weiß, was man im Moment gerade denkt – so wie man seinen eigenen Mundgeruch nicht wahrnimmt, wenn man spricht.

Es ist keine Tour de France: Bergetappe, Zeitrennen, Flachlandrundfahrt und so weiter mit Zwischenstopps. Sondern: Die Etappen wachsen langsam, kriechend, zu einem Leben zusammen. Wie Knochen.

In einer kürzlich veröffentlichten Umfrage geben 97% der Befragten an, sie seien davon überzeugt, länger als der Durchschnitt zu leben. Dazu gehört auch Gehrer. Man weiß schon jetzt: Das Leben wird mindestens 47% der Befragten enttäuschen.

Ob es Enttäuschung nach dem Tod gibt?

Wenn der 35jährige an den Tod denkt, denkt er höchstens an Selbstmord – Freitod aus Enttäuschung –, nicht an den Tod. Die ärgerliche Tatsache, daß man nicht mehr hier sein wird, nicht mehr wird erleben können, nichts mehr wird ausrichten können, von der Zukunft abgeschnitten, läßt er unbemerkt unter den Tisch fallen. Vom Tod weiß er höchstens, daß er ihn einholen wird. Das wissen vermutlich schon Tiere.

Warum kann der 35jährige höchstens ein paar Jahre über seine Nasenspitze hinausdenken? Luxusjacht, ein prächtiger Alterssitz mit Sicht aufs glitzernde Meer, Nobelpreis mit 75 zählen nicht. Das ist nicht denken, sondern kindliche Hoffnung.

Warum ans Ende denken, mitten im Leben?

Trotzdem – das Bewußtsein von Sterblichkeit ist neu.

Das warnende Rot im Westen. Eine schmierig und unförmig leuchtende Eiterblase schleicht unentschlossen hinter Milchglas. Ein Schleimglühen, das aufgibt, das sich abwendet, als gäbe es Wichtigeres zu besonnen im All. Das kalte Grau legt sich wie eine Decke über den See, und bald setzt wieder der Regen ein. Kein heftiges Schütten, kein Erguß, nur ein langweiliges Dahinregnen in den erloschenen Abend. Ein Ersäufen des Tages. Nasse Spiegelung: Das Licht aus den Büroetagen jetzt doppelt, ebenso die unzähligen Scheinwerfer auf dem Asphalt. Ein leiser Wind kommt auf. Gehrer, naß bis auf die Haut, zieht sich zusammen. Das Zischen und Spritzen der Autos hinter ihm. Verfließen des Tages. Verspritzen des Jahres.

Woran liegt es, daß er jetzt nicht aufstehen will? Weshalb soll sich etwas Besonderes ereignen, bloß weil er 35 geworden ist? Statistisch gesehen sind heute über eine Viertelmillion Menschen 35 geworden, von denen man annehmen muß, daß sie alle zur Arbeit gegangen sind, außer sie hätten keine Arbeit oder seien krank oder schon tot.

Vielleicht liegt es daran, daß er seit 24 Stunden nichts zu sich genommen hat: Lustlosigkeit auch im Denken. See, Kastanienbäume, Kieselsteine, Dächer als Ausläufer der Stadt beiderseits. Alles, was gerade zu sehen ist. Es stocken die Assoziationen: Kastanienbäume, Kieselsteine, das ergibt nichts. Alles Denken hilflos. Statt dessen Wiederkäuen von Schon-Gedachtem. Fetzen von Schon-Gehofftem, Schon-Erlebtem. Kaleidoskopische Langeweile auch ohne Symmetrie. Amorphes Denken, richtungslos und öd. Warum Denken, wenn es zu keinen neuen Einsichten führt? Manchmal die bange Frage, wer es ist, der da denkt, wenn er denkt.

Gedanken wie aus einem Fleischwolf.

Er stellt sich vor: Kanalisationsreinigung im Gehirn. Was zum Vorschein kommt: Hirnklärschlamm, modernde Denkrückstände, Würmer und Fäkalien in den Windungen. Rinnsale. Eine finstere Welt. Nur Ratten kennen sich hier aus. Ab und zu dickflüssiger Schleim. Rückstau bei zuviel Dreck. Dann steigt der Druck, und plötzlich bricht es durch. Aber es gibt nichts Gescheites – es spritzt höchstens. Angefaulte Hirnrinde. Zu oft bleibt ein Gedanke auf der Strecke, wo er langsam vergärt. Fürchterlicher Gestank, der nicht rauskann, hermetisch eingeschlossen unter der Schädeldecke.

Was herausdringt, sind zufällige Gedanken, deren Beigeschmack vielfach ihre zweifelhafte Herkunft verrät. Wenn man jemandem tief genug in die Augen schaut, läßt sich bei manchem diese Welt erahnen, die unmittelbar hinter dem Augapfel beginnt. Das alles denkt Gehrer, während er nichts denkt an diesem See.

Es kommt Gehrer kein neuer Gedanke, schon seit einiger Zeit nicht mehr. Sein Bestand an Gedanken: gefestigt wie ein Block Zement, dem nichts mehr beigemischt werden kann. Schwere Last im Kopf. Ein ständiges Wiederkäuen alter, langweiliger Ideen. Selbst Nicht-Denken wäre ergiebiger, denkt er – aber auch das hat er schon oft genug gedacht.

Zeitweise, aus purer Langeweile, versucht er, mehr aus den bestehenden Gedanken herauszuklopfen, indem er sie bis auf den Punkt verfolgt, wo sie sich auflösen. Zum Beispiel: Die Frage nach der Lust, die, sobald man ihr konsequent nachstellt, zerfasert. Sie läßt sich nicht festnageln, und sobald Gehrer mit dem Finger auf sie zeigt, ist die Lust schon in alle Windrichtungen zerstäubt. Wie sehr sich Gehrer auch danach sehnt, die Lust ganz fest in seiner Hand zu halten und sie wie einen zappelnden Käfer zu untersuchen, über alle Achsen zu drehen, von vorn und hinten und in aller Ruhe zu betrachten, zu prüfen, mit ihr zu spielen, sie für einen Augenblick freizulassen, um sie dann gleich wieder zu schnappen, so wie dies Katzen mit Mäusen tun, zum reinen Zeitvertreib – es gelingt ihm nicht einmal, sie sich genau vorzustellen.

Die Kronenhalle bedient auch durchnäßte Gäste mit Stoppelbärten. Gehrer, wie er im Kies scharrt und sitzen bleibt.

Darauf hatte er sich eingestellt: das Leben als Verwirklichung eines grandiosen Planes. Ein Monolith, ritzenlos. Statt dessen: körnige Gegenwart, zerstückelt und spröd, wie die tausend Kieselsteine unter seinen Füßen. Im Geschäft ist er ein anderer Gehrer als zu Hause; im Urlaub wieder ein anderer als unter Freunden; am Morgen ein anderer als am Abend. Gehrer kennt viele Gehrers – und keiner paßt ihm so richtig. Keiner ist vollständig; an keinen kann man sich anlehnen wie an einen Fels. Alle sind sie brüchig, undurchdacht, unfertig. Rohlinge. Strotzt einer vor Erfolg, kann es passieren, daß ein anderer bitter versagt. Liefert der eine eine Glanzleistung, spielt ein anderer das Scheusal. Oder: Der eine will an Gott glauben, ein anderer will nicht, ein dritter rühmt sich, überzeugter Agnostiker zu sein. So geht das mit allen. Sie alle in harmonische Gleichschwingung zu heben, dazu fehlt ihm der Dirigent. Jeder Gehrer spielt sein eigenes Stück, zu seinem eigenen Takt, mit den eigenen Instrumenten. Und jedes Jahr spielen sie gekonnter, geschliffener, perfekter, aber auch einfallsloser. Keine Hoffnung auf ein vernünftiges Zusammenspiel. Auch nicht nach Jahren. Dann fallen höchstens einige Gehrers aus – zuerst vornehmlich die genialen Himmelsstimmen und die goldenen Bässe –, und mit dem Rest wird's schwierig; mit dem läßt sich kaum Musik machen.

Gibt es Schutz vor Schicksal, vor der Permanenz der eigenen Persönlichkeit? Gehrer als immer wieder ein anderer. Permutation, ernsthaft und bis an den Tod, nicht als kurzfristige Kapriolen oder fiebrige Ausreißer? Gehrer, der immer wieder auf Gehrer trifft. Wie die unsägliche Geschichte vom Hund, der von seinem Besitzer nachts an einer abgelegenen Landstraße ausgesetzt wird und der nach über zwei Monaten und achthundert Kilometer Distanz ausgehungert und humpelnd, aber mit wedelndem Schwanz wieder vor der Haustür seines ehemaligen Besitzers auftaucht.

Eine bekannte Statistik der Schweiz besagt, daß es Lokführern im Durchschnitt zweimal passiert, daß sich einer vor ihren Zug wirft. Dies geschieht üblicherweise am Ende eines Tunnels, wo sich der Selbstmörder hinter dem Portal versteckt hält und wartet bis zum letzten Moment. Wenn er dann springt, hat der Lokführer keine Zeit mehr, den Zug – 345 Tonnen – abzubremsen. Es bleibt ihm dann nur noch, die Polizei über Bahnfunk – Kanal 244 – zu informieren. Ein Lokführer hat Gehrer einmal gesagt, er danke Gott nach der Durchfahrt jeden Tunnels ohne Zwischenfall.

Als Segelpilot müßte es ein reines Vergnügen sein. Steuersäule nach vorn. Sturzflug aus vier Kilometer Höhe. Spätestens nach zwanzig Sekunden reißen die Flügel ab. Kurz darauf das Seitenleitwerk. Dann wie eine spitze Bombe. Dreißig Sekunden später der Einschlag. Es spielt keine Rolle, ob über Wasser oder Land. Es funktioniert zu allen Jahreszeiten.

Gehrer, kein Mann für die Literatur. Es liegt kein Toter unter Gehrers Birnbaum. Es läuft ihm kein Oskar Matzerath mit einer Blechtrommel über den Weg. Es will kein Flugzeug mit Gehrer an Bord in Mexikos Wüste notlanden, damit er Homo faber kennenlernt. Daß er als Physiker seine Geheimnisse einer Psychiatrieschwester ausplaudern würde, kommt ihm nicht einmal im Traum in den Sinn. Und weil er Hunde nicht mag, rennt ihm auch kein Pudel namens Mephisto um die Waden. Gehrer vergewaltigt keine Kinder, keine zuschnappenden Mädchen und keine großen Fragen. Gehrer legt keinen um, schließt keinen Pakt mit dem Teufel, führt keinen Krieg der Sterne, nicht einmal als Hilfssoldat. Er hat weder einen Welt- noch einen Sieben-, Dreißig- oder Hundertjährigen Krieg angezettelt, geführt, gewonnen, verloren, ist in keiner Kapsel um den Mond gesaust, noch war er mit von der Partie, als es wieder einmal darum ging, Fort Knox auszurauben oder das Weiße Haus in die Luft zu sprengen. Gehrer paßt in keine Geschichten – nicht einmal in drittklassige.

Wenn Gehrer da ist: Keine Stadt brennt ab, keine Pest bricht aus, nicht einmal der Hauch einer Revolution liegt in der Luft. Nein, nichts an Gehrer taugt für einen Roman.

Wenn Gehrer an Literatur denkt: diese ganze Fracht an Ungeheuerlichkeiten, aus dem Hut gezauberten Unmöglichkeiten. Immer ist die Literatur darauf angewiesen, daß etwas geschieht. Schriftsteller, die notfalls schamlos zu den peinlichsten Verfahren greifen – Zufällen, Unerwartetem. Ein ganzer Stoß von Geschichten – ersonnen für eine Welt, die Geschichten braucht, aber selber keine hat, Geschichten, die meilenweit an Gehrer vorbeigeschrieben sind.

Dann hält sich Gehrer lieber an die vertrauten Handlungsweisen. Das verspricht Halt. Man muß in seinem Handeln ja nicht gleich erfinderisch werden, nur weil man nachdenkt. Wäre Gehrer tatsächlich Schriftsteller, es fiele ihm schwer, eine Geschichte für seine Person auszudenken. Vermutlich würde er den fiktiven Gehrer mangels Antrieb einfach sitzen und denken lassen, denkt Gehrer. Was bliebe ihm anderes übrig? Ein polternder, liebender, zerschlagener, hochgejubelter, gefolterter, jonglierender, lustiger Gehrer, das geht nicht. Es wäre zum Verzweifeln!

Man könnte ihn, überlegt sich Gehrer, ins Geschäft schlurfen lassen: Gehrer, wie er aufsteht und sich in die Tram Nummer 11 klemmt. Auf dem feinen Spannteppich im Empfangsraum bleibt er stehen. Ein vollgesogener Schwamm tropft sich aus. Dann: Eine Pfütze, wo immer er haltmacht. Selbst die einst blütenrote Krawatte tropft, jetzt blutrot.

Oder, er könnte ihn mit Jeannette kollidieren lassen: Nach acht Haltestellen wäre er zu Hause. Reiheneinfamilienhaus, Briefkasten links, bitte keine Werbung, Geranienstrauch rechts, die putzige Sicherheitstür mit Guckloch wie eine Gewehrmündung, Gehrer bleibt auf dem Blumenmuster des Schuhabstreifers stehen, denkt nach, dann klingelt er. Er stellt sich vor: Jeannette, wie sie die Tür vor seiner Nase zuknallt. Vielleicht meint sie, er sei ein Bettler oder ein Drogensüchtiger, mit seinen Stoppeln im Gesicht. Wie er mit beiden Fäusten an die Tür poltert, dabei das ganze Repertoire der gemeinsamen Kosenamen vor sich hin brüllt, dazu die Namen der Freunde, sämtlicher Onkel und Tanten als Ausweis seiner Identität; wie sich, nach einer längeren Pause, die Tür zögerlich um eine Handbreit öffnet und erneut zuschlägt.

Wohnzimmer – alle Halogenlampen auf Volldampf. Er stellt sich vor, wie er nach einem heißen Bad in bloßen Unterhosen auf dem glänzenden Ledersofa hockt. Ihm gegenüber Jeannette – wortlos beide. Er lächelt verlegen seine Fingernägel an, wartet. Wie sie plötzlich losbricht in ein Gemisch aus Geschrei und Tränen. Weshalb er sie angelogen habe. Kein Wort habe sie ihm mehr abgenommen: das Knacksen in der Leitung, die seltsamen Geräusche im Hintergrund. Wie sie verzweifelt versucht habe, ihn via Geschäft und über tausend andere Kanäle zu orten, und wie es überall nur geheißen habe, er sei abgereist, drei Tage nach Beginn des Kurses, abgehauen wie ein Kind. Harvard bestätigt am Telefon bloß, daß kein Kursgeld zurückgefordert werden kann. Wie sie sich Sorgen um ihn gemacht hätten, auch im Geschäft, Vermißtmeldungen im Radio, sogar mehrmals hintereinander, wie sie via US-Botschaft das FBI eingeschaltet hätten. Und wie das FBI drei Wochen später, wieder via Botschaft, bestätigen konnte, daß ein gewisser Mister Gehrer, Schweizer, 35, via Boston die USA in Richtung Indien verlassen habe. Air India Flug 127 nach New Delhi. Einzelbuchung. Jeannette jetzt in Tränen.

Gehrer stellt sich vor, wie er dahockt in frischen Unterhosen und schweigt.

Zum Glück ist Gehrer nicht Schriftsteller, denkt er jetzt, sondern Marketingchef. Manager haben es leichter als Schriftsteller, Managern genügt die Welt, so wie sie ist, sie brauchen sie nicht abermals und abermals neu zu erfinden.

Vom Einkommen ganz abgesehen.

Oder: Gehrer ist der Meinung, es käme auf einen Versuch an. Er steht auf, wischt sich mit ganzer Hand das Regenwasser aus dem Gesicht, schlägt sich den vollgesoffenen Rucksack über die Schulter, ein letzter Blick über den grauen See, schwere, dunkle Wolken, Gehrer kehrt noch an diesem Abend nach Indien zurück, verliebt sich in eine jüngere Frau und nimmt das Glück in Beschlag. Ein Plot für die »Glückspost«.

Oder: Gehrer wird Buddhist. Hauptberuflich.

Oder: Gehrer wird CEO. Man nimmt ihm den Trick mit der gefälschten Urkunde ab. Die Telefonrechnungen aus Indien, die ein Spitzfindiger aus dem Controlling ans Licht bringt: Seine Frau Jeannette sei während der Harvard-Zeit in Indien gewesen – eine irrtümliche Verwechslung der Telefone halt. Falls der spitzfindige Controller noch spitzfindiger wird, kann ihn Gehrer, als oberster Chef, einfach rausschmeißen, was dem spitzfindigen Controller nicht unbewußt bleibt und deshalb seiner Spitzfindigkeit Zügel anlegt. Gehrer wird also CEO, macht es auch tadellos, nur bleibt's ein unergiebiger Plot, ein unergiebiges Leben.

Oder: Gehrer wird CEO, aber nach einer Weile reicht's ihm. Als er den ganzen nervenaufreibenden Aufwand begreift, der ihm zuteil wird, da spuckt er den sanftmütigen Gehrer aus. »Bullshit!« schreit er, immerzu: »Bullshit!« Nach einer Weile merkt er: Er ist kein Kind mehr. Seine Wut richtet nichts aus. Die Papiere liegen da, unverwandelt, die Buchstaben in derselben Reihenfolge wie zuvor. Und draußen, hinter den hohen Fenstern, geht die Welt weiter. Heller Himmel über den Dächern – mit oder ohne Wut. In Gemeinschaft, in Meetings, in der Ehe hütet er sich vor diesem Ausspruch. Die Welt funktioniert auch ohne sein Theater. Besser sogar, denkt er. Eine Aufführung, so unergiebig wie ein Tanz der Regenmänner. Naive Beschwörung der Welt.

Doch der Stumpfsinn auf dem Papier bleibt Stumpfsinn. Er verflucht die Welt, die Buchstaben, die Papiere, die Druckerschwärze, er verflucht den ganzen weißen Stapel an Marktforschungsberichten aus vollen Rohren. Plötzlich steht er auf, packt die losen Papiere, reißt das Fenster auf und schleudert das weiße Bündel weit hinaus: Ein Rascheln. Der Wind verwirbelt die Blätter, riesige Schneeflocken in Zeitlupe, sie tänzeln auf dem Trottoir, flattern wieder hoch auf und zerstieben übermütig, unberechenbar und doch den Gesetzen der Physik gehorchend irgendwo in der Stadt. Wie die Papiere kullern, flattern und vom tosenden Verkehr aufgewirbelt werden, von Kühlerhauben gefressen werden, wie sie unter dicke Lastwagenreifen kommen, dann wieder herumwirbeln. Nur jene, die im Fluß landen, finden ihre Ruhe und schaukeln wie Schwäne weg. Dann reibt er sich die Handflächen mit dem Stolz, eine großartige Tat vollbracht zu haben. Jetzt steht er da wie nach dem Joggen, nicht erschöpft, nur tief schnaufend, er steht da, vor dem hohen, offenstehenden Fenster seines überdimensionierten Büros, durch das die eisige Winterluft langsam hereinkriecht. Trockene Kälte. Draußen: schwere dunkle Mäntel, eigentlich nur Hüte und Mützen mit Schultern und trippelnden Schuhen. Darüber ein heller, fast weißer Himmel mit einer kleinen Sonne, die keine Wärme, nur Licht liefert. Sein Herz schlägt lauter als sonst. Dann schließt er das Fenster und setzt sich wieder hin. Er ist nicht bereit, sich von Stumpfsinn vergewaltigen zu lassen. Auch nicht als CEO.

Oder: Gehrer wird nicht CEO. Statt dessen wird's der Finanzchef. Gehrer wird entlassen, noch an seinem 35. Geburtstag, einfach vor die Tür gestellt, fristlos, man hat seinen Trick durchschaut und ist bitter enttäuscht von dem einstigen Hoffnungsträger. Gehrer schlurft wie ein Verirrter durch die Stadt, ziellos, bis er mit einer Parkbank zusammenprallt, die ihn aufnimmt und ihn denken läßt, während es regnet bis in die späte Nacht hinein, und die nicht weiß, was sie anschließend mit ihm anstellen soll.

Keine Geschichte holt ihn ab, fängt ihn ein. Nichts zu machen. Wie ein Motor, der nicht anspringt, einfach nicht kommt. Geschichten blitzen auf und werden rasch weggeblättert. Sein launenhaftes Hirn frißt sich durch Möglichkeiten, fällt Möglichkeiten an wie ein tollwütiger Rottweiler, zerfetzt sie, spuckt sie aus, fällt die nächste an, zermalmt sie, die übernächste, macht dann allmählich schlapp, läuft aus, kommt zum Stillstand, läßt den Blick auf der lehmigen Pfütze zerfließen, in der seine Schuhe wie abgewrackte Schiffsteile hängen, und kommt zu dem Schluß: Nicht nur nichts, sondern gar nichts, lauter Unmöglichkeiten, Geschichten, die nicht zu Gehrer passen. Kombinationen, die in alle Windrichtungen hin ausfransen und doch stets auf jenen

Punkt der verregneten Sitzbank am See zusteuern und enden, enden wollen und doch nicht enden. Schnitt: Gehrer auf einer Sitzbank am See. Schnitt: Gehrer auf einer Sitzbank am See, während es regnet. Schnitt: Gehrer am See – er schlottert. Schnitt: Gehrer hockt da und denkt. Schnitt: Es wird Abend. Schnitt: Noch immer der See. Der glänzt nicht einmal mehr, sondern schweigt nur schwarz. Schnitt: Noch immer Gehrer. Schnitt: Der immer gleiche Gehrer. Schnitt. Nichts zu machen. Gehrers Geschichte kommt nicht vom Fleck. Nirgendwo der Satz: »Er begann, wie man so sagt, ein neues Leben.« Gehrer bleibt Gehrer – selbst hypothetisch, selbst als schlechte Erfindung, bis er nicht mehr weiß, ob er denkt oder träumt, ob der Tag wirklich ist, ob sie überhaupt da sind, der Tag und er, dabei könnte er sich alle Haare ausreißen wegen dieser dummen Harvard-Geschichte, während es schon wieder regnet, sogar in Strömen, gut, daß er den Regen nicht auch noch denken muß, sondern nur seine eigenen Gedanken, falls es wirklich Gedanken sind und nicht nur idiotische Tagträume, die da vor ihn hingespült werden wie die müden Wellen, die nie aufhören an diesem See, sondern immerdar hinklatschen, warum, weiß er auch nicht. Wie weiter?

Er stellt sich vor: Jeannette, wie sie in der Kronenhalle auf ihn wartet. Den Kellnern ist es nicht recht, daß sie schon seit einer Weile allein dasitzt, während an den Nachbartischen geschmatzt, getrunken und vergnüglich gelacht wird – in Gemeinschaft. Sonst sind es die Frauen, die Männer sitzenlassen. Ein einsamer Mann am Tisch, das ist kein Anlaß, besonders aufmerksam zu sein. Dann ist es meistens einer, der allein gelassen sein will. Aber bei einer Frau, einer geradezu attraktiven, ist das anders. Die Kellner sind dann zuvorkommend, ja liebenswürdig und geben sich die allergrößte Mühe, mit Jeannette über das Wetter und über Schlagzeilen allgemein zu plaudern. Aber das Warten wird nicht erträglicher. Sie stellen das Brot auf den Tisch. Dann auch das Wasser.

Sie erinnert sich an seinen Ausspruch, der Burgunder sei der einzige vertretbare Wein dieses Lokals. Sekunden später steht auch der Burgunder auf dem Tisch.

Jetzt klappt sie ihr kleines Schminkset mit der linken Hand auf, das Spiegelchen zeigt einen übergroßen Lippenstift, dann schließt sie das Set und steckt es weg – so vertraut und selbstverständlich, wie andere ein Feuerzeug bedienen.

Sie versucht ihn zu erreichen – im Geschäft, zu Hause, auf seinem Mobiltelefon – aber sie trifft überall nur auf Voicemail-Boxen. Sie hinterläßt Nachrichten, manchmal mehrere, auf verschiedenen Nummern, auch bei Freunden. Aber es kommt kein Rückruf. Auch nicht nach dreißig Minuten. Der grün leuchtende Punkt auf dem Display bestätigt: Ihr Handy ist eingeschaltet und auf Empfang.

Jetzt schiebt der Kellner schon die zweite Karaffe Burgunder über den Tisch.

Nach einer Weile verschwindet sie in der Telefonkabine, die sich zwischen Speisesaal und Toilette befindet, wirft Münzen in den Schlitz und wählt eine Nummer. Plötzlich piepst ihr Mobiltelefon. Sie nimmt ab und spricht jetzt mit sich selbst. Es funktioniert tatsächlich, ihr Handy.

Der Spiegel in der Toilette bestätigt: Ihre Frisur noch intakt. Eine Pracht an kastanienbraunem Haar. Jede Strähne sitzt perfekt.

Jeannette in ihrem (seinem) liebsten Abendkleid: ein weit ausgeschnittenes schwarzes Dekolleté, Perlenkette, die goldene Gucci-Uhr mit eingelegten Diamanten. Alles mit Stil, das sieht man von weitem. Eine durchaus entzückende, eine reizende Frau. Ein anderer würde vielleicht sagen: ein Prachtweib. Sein Weib! Eine Frau von Welt, intelligent, erfolgreich, verheiratet, Haus, Job, es stimmt alles, außer daß Gehrer nicht kommt. Er kommt einfach nicht.

Erwacht auf der glitschigen Bank am See; den mit Regenwasser vollgesogenen Rucksack neben sich, reibt er sich das Gesicht. Alles noch da: das schwarze Wasser, die Lichter der Stadt, die verknorzten Äste des Kastanienbaums im gelben Licht der Bogenlampe, seine zitternden Hände, seine Beine, seine Füße, sogar die Zehen in den naßkalten Socken. Kieselsteine. Eine feuchte Finsternis. Nacht über der Stadt. Zwei Besoffene grölen durch eine Gasse. Ab und zu ein Auto. Von weitem melden die Glocken eine späte Stunde.

Es ist lächerlich, was man denkt, wenn man denkt.

Man kann nicht den ganzen Tag denken!

Er braucht nicht einmal daran zu denken: In seiner Schreibtischschublade im Geschäft: Büroklammern in verschiedenen Größen, Notizpapier,

PowerPoint-Folien zum Thema »Die Zukunft des Marketing«, Ohrenpfropfen, pärchenweise in Kartonetuis, Kugelschreiber, Visitenkarten mit seinem Namen.

Warum finden nur Dinge statt, die es bereits gibt?

Es geschieht viel, aber viel Gleiches. Alles zu glatt, zu reibungslos, als könnte man den Tag schon vor dem Frühstück abwickeln.

Das Gefährliche mit 35: Daß er seine Erfahrung mit Leistung verwechselt.

Noch heimtückischer: Daß er sein Talent als Erfolg verbucht.

Zeitweise hat er von sich selbst genug. Dieser tagtägliche Zwang, mit sich selbst fertig zu werden. Gehrers Problem, daß er Gehrer ist, wird er so schnell nicht los. Auch nicht heute. Auch nicht auf dieser Sitzbank. Das weiß er.

Gehrer als Flüchtling vor sich selbst.

Was macht ein Mensch, der kein Problem hat? Was macht ein 35jähriger Mensch?

Jeannette. Der Name klingt eigentlich romantischer.

Sein gescheiterter Versuch, ich-los zu denken.

Sein 35. Geburtstag. Ein Tag, der nicht mehr will. Mit der Zeit vergißt man, daß man friert, und mit der Kälte auch den Unsinn dieses Tages.

Es ist wahr: Abschiede fallen leichter. Man macht kein Theater mehr daraus. Man spart sich die Tränen auf dem Bahnsteig, wenn der Zug zu rollen beginnt. Vielleicht spart man sich schon das Winken. Das Wissen: Man überlebt Abschiede – von einer Frau, einem Freund, einer Firma, einer Stadt, einer Landschaft, einer Heimat – wie schmerzlich auch immer. Und es werden noch viele kommen. Mit der Zeit werden sie bloß lästig, die Abschiede, und man versucht, sich nichts mehr daraus zu machen.

Plötzlich mag er keine Schokolade mehr.

Trübe Tage erteilen keine Aufträge.

Daß das Leben seinen Fortgang nimmt, ist nicht zu ändern.

Der Erfrierungstod muß schrecklich sein.

Wieder in Indien. Wieder die unfertige Notbremse.

An trüben Tagen ist man freier.

Beim Coiffeur macht's ihm jetzt der Chef.

Der Tod kommt nicht als Augenblick. Oft dauert er noch ein halbes Jahrhundert.

In Varanasi angekommen. Die Sonne brennt in seinem Haar, hart, als wollte sie daran reißen, brennt auf seinen Schultern, auf seinem Gesicht. Auch mit geschlossenen Augenlidern: das weißgelbe Licht, fleckig, manchmal rötlich durch das Blut in den Lidern, Erinnerungen an Formen, die seine Netzhaut gespeichert hat, aber alles viel zu hell. Erst wenn er richtig zukneift, wird es braungelb, aber noch immer nicht dunkel, als müßte man darunter nochmals die Augen schließen. Gehrer auf weißen Steinquadern, Marmor, abgewetzt, blank geschliffen, durch Tausende, die vor ihm da gesessen haben. Ellbogen als Stütze. Gehrer spielt mit dem Licht unter seinen Lidern. Er singt. Ringsum Tote. Aber es riecht nicht nach Toten, höchstens nach Asche, aber das könnte irgendeine Asche sein, wenn es keine Augen gäbe. Sonst buntes Treiben am Fluß, der eigentlich keiner ist, sondern eine sandfarbene

Brühe, die durch die Stadt kriecht. Schon möglich, daß da noch einmal Wasser nachfolgen wird.

Wenn Tote verbrannt werden, dann auf sauber aufgeschichteten Holzstapeln, möglichst am Flußufer, damit die Asche mitsamt Überresten gleich in die Brühe gekippt werden kann. Plötzlich dreht der Wind, und Asche fliegt in sein Gesicht, verfängt sich in seinen Haaren, in seinem Hemd. Gehrer lacht. Läßt die Asche auf seinen Augenlidern und in seinen Wimpern ruhen, eine ganze Weile, bis der Wind sie wieder mitnimmt.

Kein Knistern, sondern lautloses Feuer. Erst wenn das Feuer die Leiche gefressen hat, wirft einer einen Tonkrug voller Flußbrühe in die Glut. Der Krug zerbricht, ein Zischen, Dampf, dann schaufeln die Feuerwächter die Glut zusammen. Neues Holz wird aufgereiht, und bald liegt der nächste Tote dort, eingewickelt in weiße Tücher.

Gehrer will jetzt nur dasitzen auf den glatten Marmorquadern. Asche, die der Wind in seinen Haaren vergessen hat. Seine Hände, die den abgeschliffenen Stellen entlangfühlen, dann mit den Fingernägeln kratzen, was nicht geht, weil der Stein härter ist, dann wieder streicheln – wie die

Haut einer jungen Frauenstirn unmittelbar vor dem Haaransatz. Der Sonnenglanz darauf. Ein Steinquader mit feinen Kerben, in die sich Gehrers Finger verirren, die Kerben ausfühlend. Auch dort gewinnt der Marmor gegen seine Finger.

Die Welt hinter seinen Augenlidern.

Gehrer existiert nur noch auf diesem Stein.

Gehrer sitzt da, bis die Sterne kommen – den Stein umklammernd, der sich langsam auskühlt. Wie ein menschlicher Körper, der aufhört. Nur noch Tauben auf dem Platz. Gehrer lacht. Sein Entschluß, anders mit dem Leben umzugehen.

Gehrer, wie er die Augen öffnet im hellen Zimmer. Das frische Weiß der Bettdecke. Das Zucken einer leuchtenden Kurve im Takt seines Pulses. Das Fenster. Dahinter Türme und Dächer der Stadt. Auch ein Zipfel See. Die Sonne scheint.

Bitte beachten Sie
auch die folgenden Seiten

Rolf Dobelli
Und was machen Sie beruflich?

Roman

»Und was machen Sie beruflich?« Die schlimmste aller Fragen, insbesondere wenn man – wie Gehrer – gerade gefeuert wurde. Nach dem Schock der Entlassung muß er sich neu sortieren. Vor allem – wie es seiner Frau Jeannette beichten, die unaufhaltsam Karriere macht?

»*Fünfunddreißig* war ein sehr gelungenes Buch. *Und was machen Sie beruflich?* ist ein gleichermaßen kluges wie mitreißendes geworden. Rolf Dobelli verfügt über traumwandlerische Stilsicherheit. Souverän meistert er den schmalen Grat zwischen Tragödie und Farce, auf dem sich Gehrers Leben abspielt.«
Hendrik Werner/Die Welt, Berlin

»Mit bitterer Ironie erzählt Dobelli vom unaufhaltsamen Abstieg des ehemaligen Managers. Messerscharf seziert er den Alltag des Arbeitslosen, die Qual des Müßiggangs, den Verlust sozialer Kontakte und des Selbstwertgefühls. Lakonisch und psychologisch brillant zeichnet Dobelli die Chronik einer Selbstaufgabe, die Gehrers bisherigen Lebensinhalt als Lüge, als hohle Fassade entlarvt.«
Meike Röhrig/Frankfurter Rundschau

»Unterhaltung auf hohem Niveau, eine Komik, bei der einem gelegentlich das Lachen im Hals steckenbleibt, denn realistisch und mit feiner Beobachtungsgabe werden die diversen Stadien dieser Neuorientierung, einer Achterbahnfahrt zwischen Resignation und wütendem Optimismus, geschildert, die schließlich eine überraschende persönliche Wende nimmt.«
Handelszeitung, Zürich

Rolf Dobelli
Himmelreich
Roman

Die Versetzung nach New York kam wie gerufen: Philipp Himmelreich konnte mit einem Streich seine Ehe retten und sich der leidenschaftlichen Affäre mit der jüngeren Buchhändlerin Josephine entziehen. Im Flugzeug, auf 30000 Fuß Höhe, gewinnt er endlich wieder einen klaren Kopf. Und gibt sich noch ein letztes Mal all diesen schönen Phantasien hin. *»Ich denke sie, weil ich es mir leisten kann – weil keine Gefahr besteht, daß die Geschichte mit Josephine je weitergehen wird.«* – DENKT Himmelreich jedenfalls. Er schwelgt in der romantischen Vorstellung, wie er, statt nach New York zu reisen, am Flughafen Zürich entführt wird, von Josephine. Wie er als Geisel mit ihr in einem alten VW-Bus quer durch Europa reisen, wochenlang über den Atlantik in die Neue Welt segeln muß – und wie er sich allmählich in das Gegenteil seiner selbst verwandelt.
Seine Existenz in New York scheint davon unbehelligt, seine Erfolge als Banker, das Leben mit seiner Frau Anna, die zu ihm zurückgefunden hat. Dann aus heiterem Himmel eine Vorladung vom FBI: Josephine wurde als vermißt gemeldet – und man habe zwingende Indizien, daß Himmelreich sie entführte. Plötzlich übernimmt die Phantasie und beginnt, sein Leben auf verblüffende Weise umzukrempeln. Eine virtuose Geschichte, scharfsinnig und poetisch erzählt.

»Daß er gelernt hat, auf den Punkt genau zu formulieren, merkt man Dobellis Romanen an – dichter kann ein Text kaum sein.«
Brigitte Schmitz-Kunkel/Kölner Rundschau